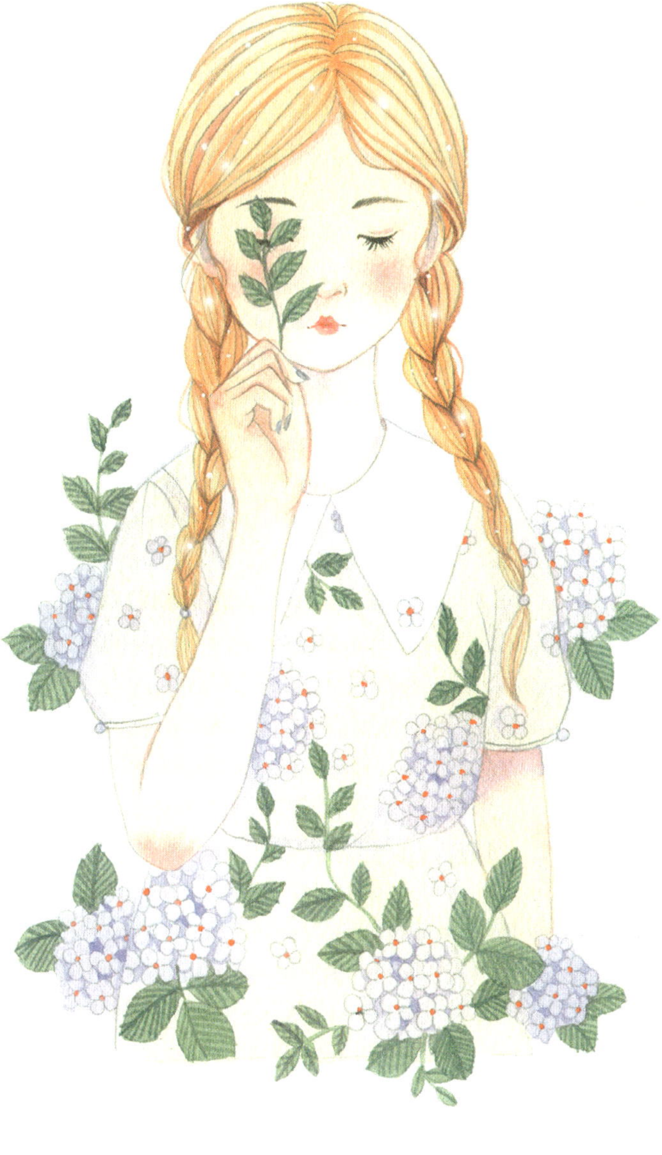

向往高处的阳光

毕淑敏 …… 著

图书在版编目（CIP）数据

向往高处的阳光 / 毕淑敏著. -- 武汉：长江文艺出版社，2018.10

ISBN 978-7-5702-0353-6

Ⅰ. ①向… Ⅱ. ①毕… Ⅲ. ①散文集－中国－当代 Ⅳ. ①I267

中国版本图书馆 CIP 数据核字(2018)第 081041 号

责任编辑：李 艳 阮 珍	责任校对：陈 琪
封面设计：壹 诺	责任印制：邱 莉 杨 帆
插 图：哆 多	

出版：长江出版传媒　长江文艺出版社

地址：武汉市雄楚大街 268 号　　　邮编：430070

发行：长江文艺出版社

电话：027—87679360

http://www.cjlap.com

印刷：湖北新华印务有限公司

开本：880 毫米×1280 毫米　　1/32	印张：8.375
版次：2018 年 10 月第 1 版	2018 年 10 月第 1 次印刷
字数：142 千字	

定价：32.00 元

版权所有，盗版必究（举报电话：027—87679308　87679310）
（图书出现印装问题，本社负责调换）

目　录
CONTENTS

代　序　别给青春留遗憾

第一章　我心柔软，却有力量

自信第一课　　　　　　　　　　　　　　002
有理有据、不卑不亢地坚持自己认为是正确的观点，那就是值得钦佩的坚持。

我很重要　　　　　　　　　　　　　　　007
你是这世上独一无二的。举足轻重，不可替代。

我爱我的性别　　　　　　　　　　　　　013
接受我们的性别，并且热爱它！

我眉飞扬　　　　　　　　　　　　　　　020
生命大于器官。心悦诚服地接受自己的外形。

没有一棵小草自惭形秽　　　　　　　　　024
像小草一样昂然挺立、安然生活。

对自己诚实一点　　　　　　　　　　　　027
竭力真实，让人生慢慢完美。

握紧你的右手　　　　　　　　　　　　　030
相信自己的力量，将命运紧握在自己手中。

第二章　因为有伤，更懂坚强

你不能要求没有风暴的海洋　　　　　　034
安然接纳生命中的粗纤维。

风不能把阳光打败　　　　　　　　　　036
不要看见暗影，就忘记光明的存在。

泥沙俱下地生活　　　　　　　　　　　038
生活泥沙俱下，生命精彩纷呈。

无伤不香　　　　　　　　　　　　　　041
精彩多自苦难中着墨，旷世奇才多在悲怆中诞生。

我在寻找那片野花　　　　　　　　　　052
贮备丰足的力量和充沛的爱，在艰难中寻找希望。

自拔　　　　　　　　　　　　　　　　057
挣脱压力的桎梏，破茧成蝶。

每天都冒一点险　　　　　　　　　　　059
挑战"不可能"，一切皆有可能。

第三章　微凉世界，安暖相依

蚕是被自己的丝裹住的　　　　　　　　　　064
放下心防，拥抱世界。

让我们彼此善解人意　　　　　　　　　　　068
你的"人意"我要能解，我的"人意"请你也要能解。

看着别人的眼睛　　　　　　　　　　　　　070
让我们做一个襟怀坦荡、心灵像水晶般透明的人。

友情，这棵树上只有一个果子，叫做信任　　073
人生一世，消失的是岁月，收获的是朋友。

我的支持系统　　　　　　　　　　　　　　075
总有一些人，温暖了我们的人生。

谁是你的重要他人　　　　　　　　　　　　078
有些人闯进我们的生命中，教会我们成长和成熟。

爱的回音壁　　　　　　　　　　　　　　　091
在爱中领略被爱，学会爱。

第四章　去留无意，宠辱不惊

流露你的真表情　　　　　　　　　　096
痛则大悲，喜则大笑，这是从心底流出的对世界的真情感。

第 6000 次回答　　　　　　　　　　102
培养爱心，锻炼耐力。

总有一天，你会为自己的傲娇买单　　106
大胆向世界发出你的声音，不要在稚嫩的年龄假装深沉。

优点零　　　　　　　　　　　　　　111
发现自己的优点，并且告诉自己：我能行。

击碎无所不在的尺　　　　　　　　　114
以平常心做人，以进取心做事。

节令是一种命令　　　　　　　　　　116
人生有节令：少年需率真，老年需稳健。

造心　　　　　　　　　　　　　　　119
以我手塑我心。

第五章　自在人生，自在独行

珍惜愤怒   124
愤怒可使我们年轻。纵使在愤怒中猝然倒下，也是一种生命的壮美。

紧张   127
大将不紧张，他们举重若轻、温柔淡定、成竹在胸。

忍受快乐   131
你的付出值得你享受快乐。

写下你的忧伤   136
打开精神的创口，为自己疗伤，你会发现：忧伤没你想象的那么多。

切开忧郁的洋葱   143
有限生存岁月中，挑战忧郁，让生活更自由，更欢愉，更勃勃生气。

孤独是一种兽性   148
自在人生，自在独行。

行使拒绝权   150
拒绝的实质是一种否定性的选择。智慧地勇敢地行使拒绝权。

第六章　不负年华,不负梦想

生命借记卡   156
站在死亡的终点回望人生,把有限的生命"浪费"在美好的事情上。

闭阖星云之眼   161
生而为人,总该有点儿理想。

你为什么而活着   163
人生是没有意义的,你要为之确立一个意义。

人可以最大限度地逼近真实   171
全力以赴,一切都是最好的安排。

所有的动力都来自内心的沸腾   176
你永远无法叫醒一个装睡的人,除非那个人自己决定醒来。

机遇是怎样在不知不觉中降临的   178
锤炼你的人格和目标,一手造就自己的好运气。

你的身体里,必有一颗成功的种子   181
成功并不像想象的那样难。因为我们不敢做,它才变得难起来。

第七章　着意耕耘，自有收获

被老师读作文的时候　　　　　　　　　　184
做"尖子生"，不做高处不胜寒的"尖子生"。

做一个"欢喜"的学习者　　　　　　　　187
把学习当成乐趣与习惯，不忘初心，砥砺前行。

读书使人优美　　　　　　　　　　　　189
读书是最简单的美容之法。

人生有三件事不能俭省　　　　　　　　191
在最好的时间里，求知问学，行走人生。

教养的证据　　　　　　　　　　　　　193
繁衍在骨髓里的教养，愿你我都有。

精神的三间小屋　　　　　　　　　　　198
求一颗大心，盛得下喜怒，输得出力量。

我的五样　　　　　　　　　　　　　　203
学会断舍离，才能找到生命中的重中之重。

第八章　脚下有路,心中有光

感动是一种能力　　　　　　　　　　　210
在感动中耳濡目染,逼近那些曾经感动过我们的灵魂。

常常爱惜　　　　　　　　　　　　　213
爱惜是薄而透明的温情。

青虫之爱　　　　　　　　　　　　　215
母爱是战胜本能、战胜恐惧的力量。

非血之爱　　　　　　　　　　　　　221
爱一个和你没有血缘关系的人,是对美与永恒的无倦追索。

幸福的七种颜色　　　　　　　　　　223
只要你认真寻找,幸福比比皆是。

世界观与观世界　　　　　　　　　　228
趁年轻,去远方。

远行,与最美的世界相遇　　　　　　234
这个世界最美好的地方,就在我们咫尺相遥的指尖。

代序

别给青春留遗憾

◎ 毕淑敏

关于遗憾,我查过字典,字典里有各式各样的解释,我最喜欢的一个解释就是:我们能够去满足的心愿,可是我们没有去完成,我们深感惋惜。

在我年轻的时候,真是有一件让我万分遗憾的事情。

1969年,我不到十七岁,就穿上军装从北京出发到新疆。我们坐上了大卡车,经过六天的奔波,翻越天山,到达了南疆的喀什。其他的战友们都留在了新疆的喀什,我们五个女兵又继续坐上大卡车向藏北出发了。

这一次,这个世界在我面前已经不是平坦的了,它好像完全变成了一个竖起来的世界,每一天的海拔,从三千米到四千米,从四千米到五千米……

直到最后,翻越了六千米的界山达坂——它是新疆和西藏分界的一个山脉,进入了西藏阿里。我恍惚觉得这已经不再是地球了,它荒凉的程度,让我觉得这是不是火星或者是月亮的背面。

我记得1971年的时候,我们要去野营拉练。拉练时,要背着行李包、红十字箱、手枪、手榴弹,还有几天的干粮,一共是六十斤重。高原之上,寒冬腊月,滴水成冰,当时的温度已经是零下四十度。

有一天早上三点钟,就吹起了起床号,要我们翻越无人区。无人区一共有一百二十里路,中间不可以有任何的停留,要一鼓作气地走过去,因为那里条件特别恶劣,而且没有水。

走啊走啊,走到下午两三点的时候,我感觉那个十字背包袋,就全部嵌入我的锁骨里面去了,我一句话都说不出来,觉得喉头不断地在发咸发苦,我要吐一口肯定是血。我想:这样的苦难何时才能结束呢?为什么我年轻的生命,我所有的神经末梢,都要用来忍受这种非人的痛苦?

我当时就做了一个决定——今天、此刻,我不活了,我无法忍受这种苦难了!这样决定了以后,我就开始打算什么时间坠崖而亡。

我不断地在找合适的时机。终于,我找到了一个特别适合的地方,往上看是峭壁高耸,往下看是万丈悬崖。只要我松手掉下去,我就一定会死。

但是在最后一刹那,我突然发现我后面的那个战友。他离我太近了,我如果掉下去,肯定会把他也带到悬崖之下。我是已经决定要死了,可是我不应该拖累别人。

队伍在行进中,这样的好时机也是稍纵即逝。之后地势又变得比较平坦,我再想找这么一个地方,就不容易了。这样走着走着天就黑了,我们就走到了目的地。

一百二十里路就这样走过去了,那六十斤的负重,也一两都不少地被我背到了目的地。

我站在雪原之上,把自己的全身都摸了一遍,每一个指关节、膝盖,包括双脚。我确信在经历了这样的苦难之后,我的身体上连一根头发都没有少。

那一天让我深深地明白:当我们以为自己顶不住的时候,并不是最后的时刻,只是我们的精神崩溃了。只要坚持精神的重整,重新出发,即使当时我们觉得是万劫不复的情景,也依然可以去找到它的出口,依然可以坚持过来。

在我们的生活当中,会有各式各样的苦难。有时候有的家长跟我说:您能告诉我怎样才能让我的孩子少受点苦吗?我说我能告诉你的,唯一可以确定的事情是——你的孩子他必然遭受苦难。

而且年轻时,我们的神经是那么敏感,我们的记忆是那么清晰,我们的感情是那么充沛,每一道伤都会流出热血。所以尽管有很多人告诉我们,年轻是一个人最美好的时代,我也想告诉大家,年轻也是我们最痛苦的时候,也许会

| 代序

留下很多很多的遗憾。最大的遗憾,就是断然结束自己的生命,这是对生命的大不敬。以我个人的经历来讲,那一天我没有结束自己的生命,我坚持下来了,我才发现,原来那最不可战胜的,并不是我们的遭遇,而是我们内心是否坚强。

日本有一位医生,他的工作就是专门去照顾那些临终的病人。他和大约一千名临终的病人谈过以后,总结出了二十五条人生的遗憾,其中包括:没有吃到美食,没有回过自己的故乡,自己的孩子没有结婚等等。

我和这位医生也深有同感,我曾经去过临终关怀医院,也陪伴过那些临终的人,走向他们生命的最后时刻,也跟他们有过很多倾心的交谈。我曾经到一间临终病房,那里住着一位八十岁的老人,他的儿女们都不愿再陪伴在他的身边了。他的儿女们说,他们不忍心看到那最后一刻,我说那我愿意进去陪伴他。我走进那个房间,深深地吸了一口气,然后躺在那位老人的身边,摸着他的手。那位老人轻轻地跟我说了一句话,他说我觉得我这一辈子,怎么好像没活过啊。

我讲这个故事,是想说:每个人的生命都是一张单程的火车票,我们每个人都没有拿到往返的那张票。所以生命从我们出生那天开始,它就像箭一样射向远方,我们能够在自己手里把持住的就是此时此刻,这无比宝贵的生命。

我特别想说,我希望我们的理想服从于我们的价值观。在我们心里,能够燃烧起熊熊火焰,并且给我们的一生以指引和动力的,是我们对于自己认为最美好的那些价值的追求。

2008年的时候,我终于用稿费买了一张船票,开始去环球旅行。走了没多远,才走到南中国海,就听说了汶川地震。

船上有一千多个外国客人,只有我们六个中国人。我说,我们一定要为中国发起一场募捐。我们的团队里有人就说,那些外国人要是不给咱们捐钱,咱们多么丢脸哪。我说可是我们中国人,要不为自个儿的祖国做点什么,那才是丢脸呢。

我们商量，我们自己一定要捐美元和欧元，这样的话，会让我们那个募捐的数字变大，如果我们都捐人民币，人家会觉得是我们自己捐的。但是当所有的钱都揽到一起的时候，船长对我说，里面有两千元人民币。

我们只有六个人，这很容易查呀，吃饭的时候，我们就互相问：谁捐的人民币？我们不是说了要捐美元和欧元吗？大家都说没捐人民币。后来我就问船长，这船上除我们以外还有中国人吗？他说在深不见底的底舱，大多数时候不能到甲板上来的，那些工人里，有你们中国人。

回到北京，我就把这个钱捐了。捐以后，北川中学知道我回国了，就打来电话，说希望让我到北川中学去当一次语文老师，去给孩子们讲一堂课。因为我有一篇小散文，叫作《提醒幸福》，收在了全国统编教材的初中二年级的课本里。

我不怕地震，可是我有点怕接这个任务。因为我写的这篇文章的题目，它叫《提醒幸福》。大震之后，北川中学的师生都有伤亡，很多人再也不能回到教室里，而我要去跟他们讲"提醒幸福"。在这种困难的情况下，幸福在哪里呢？

但是那一次北川中学之行，让我深深地震动了。因为北川中学初中二年级所有的同学们聚在一起，他们说自己是世界上最幸福的人。他们告诉我说：那么多人死了，我们还活着，这就是幸福！

他们看到路上的车的车牌号有几乎全中国各个省市的，就觉得全国人民在帮助他们。大震才过去了十几天，他们就可以恢复读书了，难道他们还不是世界上最幸福的人吗？

我听了以后热泪盈眶，我才知道在生死面前，最宝贵的东西是什么。我们重新享有生命的时候，一定要把自己价值观中那些最重要的东西放在前面。

如果你有愿望，如果你还有力量去实行它，那么一定要即刻出发，去完成自己的愿望，让自己留有更少的遗憾。人生是一个漫长的过程，年轻是多么的好，但是请你们记得，记得有很多东西，当你不懂的时候，你还年轻；当你懂得了以后，你已年老。不要让我们的理想变成化石，让我们现在就行动起来，去实践我们的理想，让我们的人生少些遗憾！

第一章

我心柔软，却有力量

自信第一课

○ 有理有据、不卑不亢地坚持自己认为是正确的观点,那就是值得钦佩的坚持。

1972年的一天,领导通知我速去乌鲁木齐报到,新疆军区军医学校在停顿若干年后这一年第一次招生,只分给阿里军分区一个名额,首长经过研究讨论,决定让我去。

按理说,我听到这个消息应该喜出望外才是。且不说我能回到平地,吸足充分的氧气,让自己被紫外线晒成棕褐色的脸庞得到"休养生息",就是从学习的角度讲,"重男轻女"的部队能够把这样宝贵的唯一的名额分到我头上,也是天大的恩惠了。但是在记忆中,我似乎对此无动于衷,也许是雪山缺氧把大脑纤维冻得迟钝了。我收拾起自己简单的行李,从雪山走下来,奔赴乌鲁木齐。

1969年,我从北京到西藏当兵,那种中心和边陲的,文明和狂野的,优裕和茹毛饮血的,高地和凹地的,温暖和酷寒的,五颜六色和纯白的……一系列剧烈反差,在我的心里搅起了沧海桑田般的变化。面临死亡咫尺之遥,面对冰雪整整三年,我再也不是当初那个天真烂漫的城市女孩,内心已变得如同喜马拉雅山万古不化的寒冰般苍老。我不会为了什么事件突发和变革的急剧而大喜大悲，只会淡然承受。

入学后，从基础课讲起，用的是第二军医大学的教材，教员由本校的老师和新疆军区总医院临床各科的主任、新疆医学院的教授担任。记得有一次，考临床病例的诊断和分析，要学员提出相应的治疗方案。那是一个不复杂的病案，大致的病情是由病毒引起重度上呼吸道感染，病人发烧流涕咳嗽、血象低，还伴有一些阳性体征。我提出方案的时候，除了采用常规的治疗外，还加用了抗生素。

讲评的时候，执教的老先生说："凡是在治疗方案里使用了抗生素的同学都要扣分。因为这是一个病毒感染的病例，抗生素是无效的。如果使用了，一是浪费，二是造成抗药，三是无指征滥用，四是表明医生对自己的诊断不自信，一味追求保险系数……"老先生发了一通火，走了。

后来，我找到负责教务的老师，讲了课上的情况，对他说："我就是在方案中用了抗生素的学员。我认为那位老先生的讲评有不完全的地方，我觉得冤枉。"

教务老师说："讲评的老先生是新疆最著名的医院的内科主任，他的医术在整个新疆是首屈一指的。把这位老先生请来给你们讲课，他是权威，讲得很有道理。你有什么不服的呢？"

我说："我知道老先生很棒。但是具体问题要具体分析。他提出的这个病例并没有说出就诊所在的地理位置。比如要是在我的部队，在海拔5000米以上的高原，病员出现高烧等一系列症状，明知是病毒感染，一般的抗生素无效，我也要大剂量使用。因为高原气候恶劣，病员的抵抗力大幅度下降，很可能合并细菌感染。如果到了临床上出现明确的感染征象时才开始使用抗生素，那就晚了，来不及了。病员的生命已受到严重威胁……"

教务老师沉默不语。最后，他说："我可以把你的意见转告给老先生，但是，你的分数不能改。"

我说："分数并不重要。您听我讲完了看法，我已知足了。"

教室的门开了，校工闪了进来，搬进来一把木椅子摆在讲案旁，且侧放。我们知道，老先生又要来了。也许是年事已高，也许是习惯，总之，老先生讲课的时候是坐着的，而且要侧着坐，面孔永远不面向学生，只是对着有门或有窗的墙壁。不知道他这是积习，还是不屑于面对我们，或是有什么难言之隐。

这一次，老先生反常地站着。他满头白发，面容黢黑如铁，身板挺直如笔管。老先生目光如锥，直视大家，音量不大，但在江南口音中运了力道，话语中就有种清晰的硬度了。他说："听说有人对我的讲评有意见，好像是一个叫毕淑敏的同学。这位同学，你能不能站起来，让我这个当老师的也认识你一下？"

我只有站起来。

老先生很注意地看了我一眼，说："好。毕淑敏，我认识你了，你可以坐下了。"

说实话，那几秒钟，真把我吓坏了。不过，有什么办法呢？说出的话就像注射到肌肉里的药水一样，你是没办法抠出来的。

全班寂静无声。

老先生说："毕淑敏，谢谢你。你是好学生，你讲得很好。你的话里有一部分不是从我这儿学到的，因为我还没有来得及教给你那么多。是的，作为一个好的医生，一定不能全搬书本，一定不能教条，要根据具体的情况决定治疗方案。在这一点上，你们要记住，无论多么好的老师，也不可能把所有的规则都教给你们。我没有去过毕淑敏所在的那个5000米高的阿里，但是我知道缺氧对人的影响。在那种情况下，她主张使用抗生素是完全正确的。我要把她的分数改过来……"

我听到教室里响起一阵轻微的欢呼。因为写了抗生素治疗的不仅我一个，很多同学都为这一改正而欢欣。

老先生紧接着说："但在全班，我只改毕淑敏一个人的分数。你们有人和她写的一样，还是要被扣分。因为你们没有说出她那番道理，是知其然而不知其所以然。你现在再找我说也不管事了，即使你是冤枉的也不能改。因为就算你原来想到了，但对上级医生的错误没敢指出来。对年轻的医生来说，忠诚于病情和病人，比忠实于导师要重要得多。必要的时候，你宁可得罪你的上司，也万万不能得罪你的病人……"

这席话掷地有声。事过这么多年，我仍旧能够清晰地记得老先生如锥的目光和舒缓但铿锵有力的语调。平心而论，他出的那道题目是要求给出在常规情形下的治疗方案，而我竟从某个特殊的地理环境出发，并苛求于他。对一个初出茅庐的年轻人的不够全面的异议，老先生表现出虚怀若谷的气量和真正医生应有的磊落品格。

真的，那个分数对我来说完全不重要，重要的是我在此番高屋建瓴的话语中，悟察到了一个优等医生的拳拳之心。

我甚至有时想，班上同学应该很感激我的挑战才对。因为没过多长时间，老先生就因为身体的关系不再给我们讲课了。如果不是我无意中创造了这个机会，我和同学们的人生就会残缺一段非常宝贵的教诲。

我的三年习医生涯，在我的生命中是一个重大的转折。我从生理上洞察人体，也从精神上对自己有了更多的信任。我知道了我们的灵魂居住在怎样的一团组织之中，也知道了它们的寿命和局限。如果说在阿里的时候我对生命还是模模糊糊的敬畏，那么，老师的教诲使我确立了这样的观念：一生珍爱自身，并把他人的生命看得如珠似宝，全力保卫这宝贵而脆弱的珍品。

我很重要

○ 你是这世上独一无二的。举足轻重,不可替代。

当我说出"我很重要"这句话的时候,颈项后面掠过一阵战栗。我知道这是把自己的额头裸露在弓箭之下了,心灵极容易被别人的批判洞伤。

许多年来,没有人敢在光天化日之下表示自己"很重要"。我们从小受到的教育都是——"我不重要"。

作为一名普通士兵,与辉煌的胜利相比,我不重要。

作为一个单薄的个体,与浑厚的集体相比,我不重要。

作为一位奉献型的女性,与整个家庭相比,我不重要。

作为随处可见的人的一分子,与宝贵的物质相比,我不重要。

当我在国外的一份刊物上看到"一个人的价值胜于整个世界"的口号时,曾大感不解。

我们——简明扼要地说,就是每一个单独的"我"——到底重要还是不重要?

我是由无数星辰日月、草木山川的精华汇聚而成的。只要计算一下我们一生吃进去多少谷物,饮下了多少清水,才凝聚成一具美轮美奂的躯体,我们一定会为那数字的庞大而惊讶。平日里,我们尚要珍惜一粒米、一叶菜，难道可以对亿万粒菽粟、亿万滴甘露滋养出的万物之灵，掉以丝毫的轻心吗？

当我在博物馆里看到北京猿人窄小的额和前凸的嘴时，我为人类原始时期的粗糙而黯然。他们精心打制出的石器，用今天的目光看来不过是极简单的玩具。如今很幼小的孩童，就能熟练地操纵语言，我们才意识到已经在进化之路上前进了多远。我们的头颅就是一部历史，无数祖先进步的痕迹储存于脑海深处。我们是一株亿万年苍老树干上最新萌发的绿叶，不单属于自身，更属于土地。人类的精神之火，是连绵不断的链条，作为精致的一环，我们否认了自身的重要，就是推卸了一种神圣的承诺。

回溯我们诞生的过程，两组生命基因的嵌合，更是充满了人所不能把握的偶然性。我们每一个个体，都是机遇的产物。

常常遥想，如果是另一个男人和另一个女人，就绝不会有今天的我……

即使是这一个男人和这一个女人，如果换了一个时辰相爱，也不会有此刻的我……

即使是这一个男人和这一个女人在这一个时辰，由于一片小小落叶或是清脆鸟啼的打搅，依然可能不会有如此的我……

一种令人怅然以至走入恐惧的想象，像雾霭一般不可避免地缓缓升起，模糊了我们的来路和去处，令人不得不断然打住思绪。

我们的生命，端坐于概率垒就的金字塔的顶端。面对大自然的鬼斧神工，我们还有权利和资格说我不重要吗？

对于我们的父母，我们永远是不可重复的孤本。无论他们有多少儿女，我们都是独特的一个。

假如我们不存在了，他们就空留一份慈爱，在风中蛛丝般无以附丽地飘荡。

假如我们生了病，他们的心就会皱缩成石块，无数次向上苍祈祷我们的康复，甚至愿灾痛以十倍的烈度降临于他们自身，以换取我们的平安。

我们的每一点成功，都如同经过放大镜，进入他们的瞳孔，摄入他们心底。

假如我们先他们而去，他们的白发会从日出垂到日暮，他们的泪水会使太平洋为之涨潮。面对这无法承载的亲情，我们还敢说我不重要吗？

我们的记忆，同自己的伴侣紧密地缠绕在一处，像两种混淆于一碟的颜色，已无法分开。你原先是黄，我原先是蓝，我们共同的颜色是绿，绿得生机勃勃，绿得苍翠欲滴。失去了妻子的男人，胸口就缺少了生死攸关的肋骨，心房裸露着，随着每一阵轻风滴血。失去了丈夫的女人，就是齐刷刷折断的琴弦，每一根都在雨夜长久地自鸣……

面对相濡以沫的同道，我们忍心说我不重要吗？

俯对我们的孩童，我们是至高至尊的唯一。我们是他们最初的宇宙，我们是深不可测的海洋。假如我们隐去，孩子就永失淳厚无双的血缘之爱，天倾东南，地陷西北，万劫不复。盘子破裂可以粘起，童年碎了，永不复原。伤口流血了，没有母亲的手为他包扎；面临抉择，没有父亲的智慧为他谋略……面对后代，我们有胆量说我不重要吗？

与朋友相处，多年的相知，使我们仅凭一个微蹙的眉尖、一次睫毛的抖动，就可以明了对方的心情。假如我不在了，就像计算机丢失了一份不曾复制的文件，她的记忆库里留下不可填补的黑洞。夜深人静时，手指在揿了几个电话号码后，骤然停住，那一串数字再也用不着默诵了。逢年过节时，她写下一沓沓的贺卡。轮到我的地址时，她闭上眼睛……许久之后，她将一张没有地址只有姓名的贺卡填好，在无人的风口将它焚化。

相交多年的密友，就如同沙漠中的古陶。摔碎一件就少一件，再也找不到一模一样的成品。面对这般友情，我们还好意思说我不重要吗？

我很重要。

我对于我的工作我的事业，是不可或缺的主宰。我的独出心裁的创意，像鸽群一般在天空翱翔，只有我才捉得住它们的羽毛。我的设想像珍珠一般散落在海滩上，等待着我把它用金线拴起。我的意志向前延伸，直到地平线消失的远方……

没有人能替代我，就像我不能替代别人。

我很重要。

我对自己小声说。我还不习惯嘹亮地宣布这一主张，我在不重要中生活得太久了。

我很重要。

我重复了一遍，声音放大了一点。我听到自己的心脏在这种呼唤中猛烈地跳动。

我很重要。

我终于大声地对世界这样宣布。片刻之后，我听到山岳和江海传来回声。

是的，我很重要。我们每一个人都应该有勇气这样说。我们的地位可能很卑微，我们的身份可能很渺小，但这丝毫不意味着我们不重要。重要并不是伟大的同义词，它是心灵对生命的允诺。

对于一株新生的树苗，每一片叶子都很重要。对于一个孕育中的胚胎，每一段染色体碎片都很重要。甚至驰骋寰宇的航天飞机，也可以因为一个密封橡皮圈的疏漏而凌空爆炸——你能说它不重要吗？

人们常常从成就事业的角度，断定我们是否重要。但我要说，只要我们在时刻努力着，为光明在奋斗着，我们就是在无比重要地生活着。

让我们昂起头,对着我们这颗美丽的星球上无数的生灵,响亮地宣布——

我很重要。

我爱我的性别

○ 接受我们的性别，并且热爱它！

我16岁时从北京到西藏阿里当兵，就是孔繁森去的那个地方，我作为藏北高原的五名女兵之一，是藏北有史以来的第一批女兵。可以设想31年前，北京的一个女初中学生不停地坐着火车向西向西，到了乌鲁木齐以后就坐着拉大米的汽车，坐了整整六天，翻越天山到达新疆南疆的喀什，然后又坐了整整六天的汽车，从青藏公路进入藏北。

我在阿里军分区待了11年，后来做医生。有一次我们的司令员病了，病得挺重的，阿里那块地方相当于三个半江苏省，在这么一个辽阔的区域之中，最高军事指挥官病了当然是非同小可之事，后勤卫生部门派出最好的医生去给他治，但是连派了三个人，这司令员的病就不见轻，后来司令员就火了，跟那个后勤部长说，你们还有没有像样的医生啊，我觉得挺奇怪的，居然派我去了。这病本身就是一个过程，就像吃包子一样的，那三个医生就是三个包子，司令员吃下去了，轮了我这第四个包子的时候呢，他就饱了。还有一种可能，他们有点被司令员吓住了，但我就不太在乎他这官，该打什么针就打什么针，我觉得给司令员打针肯定也是一针就能戳进去。后来司令员就说,哎,这医生还不错,就留下来让她看病吧。我记得有一天夜里,他看军事动态电文什么的,因为还要输液,我就在旁边观察输液的情况,在高原之上输液的速度稍微快一点的话,很怕发生高原症,人就像螃蟹一样开始从鼻子里冒出血沫,所以真的不敢掉以轻心,这时司令员就跟我说,可惜呀可惜呀!你是个女的。哎,我说女的怎么啦,我心里说女的不是也把你的病治得差不多了吗,你就好了伤疤忘了痛。司令员说,如果你是个男的,你可以不做医生了,我就提拔你做个参谋,过几年你就能当个参谋长了,然后你还可以有发展,可惜你是个女的,就全都瞎了。我那一刹那真的特别难过,我知道司令员不是讲笑话,他真的是这样看的,无论他对我的评价怎样,他无法抗拒一个约定俗成的东西,从那天起有一段时间我不喜欢我的性别。

　　反过来,作为一个男性他也承受着巨大的压力。我这里有一个国外学者所写的对于男性的要求,这是社会角色对男性的主导式的论述。看的时候心情也是很沉重的。第一条是说男人与女人本质上是不一样的,真正的男人一定要比女人优胜,我觉得这一条对男性压力就够大。第二条是说由于女人的价值不如男人,若男人沾上女人的言行思维模式,他就变得低下,我们说这个小子写字怎么跟个姑娘似的,这是很贬义的。第三条是说男人应该压抑内心的脆弱感受,男孩子在很小很小的时候就跟他说,男子汉哭什么？哭是人类一个非常正常的情感表达，剥夺了男性哭泣的权利是很残忍的。第四条说能够在关系中支配对方是建立男性身份最关键之处，你必须要处于支配的地位、主导的地位，否则的话，就是你人生的失败。对男性的这种定义，也造成了男人的胁迫之感，因为一个人的素质是不一样的，有的人适宜做领导，有的人适宜做具体的工作，这里面没有高低贵贱之分。去看一看大自然，你会看到一棵高耸入云的雪松，你也会看匍匐在地的草，你能说那一棵草的价值就一定要比那一棵雪松低贱吗？我觉得在生命的价值上，每一个生命都是同样的宝贵，我们可以有特质的不同，却不能有这种人为的高低贵贱之分。第五条说男性最高的价值是坚韧不挠，它指的就是把某种品质定为男性所独有，某一种品质是女性所独有，其实在生理学的层面上它是没有根据的。第六条说男人应该是家庭经济收入的主要来源，有一个女孩子跟我说：嫁汉嫁汉穿衣吃饭，你把自己生存的命脉依附在别人身上，对你自己是一个不敬，对那个人来讲就是一种强大的压迫了。第七条是说男性朋友要比女性朋友优越，如果一个男人他有一群好哥儿们，大家就觉得这是个男人，而这男人有一群好姐儿们，大家就觉得他在品质上有什么问题了，在朋友的范围之内，为什么你只能交男朋友不能交女朋友？是不是意味交男朋友档次上要高一些，而交女朋友就低一档次？第八条说性是属于男性的范畴，让男人张扬他的雄风与权力，在两性关系上是霸权主义。第九条说男人要刚毅强劲,必要时可使用暴力甚至厮杀。

我有一次和人事部的一位官员谈话,当时是在中共中央党校,那题目现在想起来还很振奋,叫做如何使妇女进入决策主流。谈话的时候涉及一个问题,不知各位注意没有,如果你们今天晚上打开电视,会看到在那些重大的决策场合,男性占了90%以上。我们把例子缩小,比如一个城市里,如果五位市长都是男性,由于这种性别的限制,可能在讨论城市发展的时候,关注更多的是我们怎么修道路,我们怎么建工厂,我们怎么盖楼房,这些是非常重要的。但是如果其中有两位是女市长,我想她们可能由于自身的眼光,可能会对这个建议提出更多的补充,说我们怎么盖学校,我们怎么修公园,我们怎么建商场,我们的幼儿园如何,我们的绿地怎样。所作的决议由于吸收了男性和女性双方的考虑优点,我们共同的家园就会建设得更加美好。女性如何进入决策主流,不但要有声音,而且要有比例,没有比例的话,少数服从多数,你就被服从掉了,而这些共同的建议,它会使我们的发展更为完善,我们的质量更为提高。我就问人事部的官员,咱们有几个女部长?他告诉我关于副部级以上的一个数字,我说我特想问你有几个正部长,他就明白我的意思了,他说我们也很想提拔女的做部长,但是副部长就比较少,不能有几个就提几个,得有一个比较大的基数,我们从里面选拔更优秀的,这是非常言之有理的,那我就问女的副部级为什么少呢,他说女的正局级就少,我说那女的正局为什么少呢，他说女的副局级就少，这样一路推下来，最后就推到女的处长就少。我说对了，女人大学毕业以后，从25岁到35岁到40岁提处级干部的时候，女人做什么去了？生孩子去呀！生孩子后要哺育孩子，这是非常神圣的工作，作为一个女性她承担了生理上的更多付出与危险，而且一个孩子的成长不是一朝一夕可以完成的，它是一个漫长的过程，身为女性她势必要拿出巨大的精力来哺育自己的孩子，也是哺育整个人类的后代。而现在，女性哺育孩子完全成了她个人的一个麻烦事情，哪个单位不接受女大学生，后面的潜台词就是她干不了多长时间就要结婚生孩子，几乎就不是一个整劳力了，整个指数就下降，成为一个不能出差、不能值夜班、不能连续工作的人。是，我承认这都是事实，但人类发展必须这样，因此把人类这样一个神圣的使命当成女性个人的负担，让她变得无价值是很负面的，这样是否公正？

人类的性别是人类进化的标志，我们从最早的单细胞动物一点一点地进化，然后雌雄共体，最后到人类，这是我们的光荣。我觉得迄今为止，我们是这颗蔚蓝色的星球上智力最发达的物种，我不敢说我们的体力最好，因为我觉得恐龙的体力非常之大，我采访过北大的一位教授，他研究恐龙蛋，我很破例地进入到他核心的地方，看他们研究恐龙的基因，看了很多很多恐龙的资料，这么大的东西在地球上灭绝了，有一个科学家告诉我说是因为恐龙的繁殖出了问题，我想这个话特别对，任何一个物种灭绝肯定是繁殖出了问题。

我觉得一个人接纳自己，接纳我们的性别，接纳我们的长相，接纳我们的身高，接纳我们不完美的地方，这就是生命的自然状态，这就是我们人生的组成。只有坦荡地接受这一切，我们才能用一种更加平和、更加包容、更加有创造性的眼光来看待自己，看待世界，看待他人。我做过一个统计，女性对自己的长相不能接受的比例是多少呢？比例是100%。其中有一个女性，我觉得简直完美死了，我就看不出有什么不好：高高的个子，肤色头发身材甚至连指甲都长得那么好，但是她告诉我，她也为她的长相自卑，我说你能告诉我你为哪一点自卑吗？她在我耳边悄悄地说，我有一颗牙长得不够好。我盯着她看了半天，我说你笑的时候，哪怕笑到最开的时候，都看不到那颗牙，但她仍然对这颗牙齿耿耿于怀。可是你能修补你的基因吗？我觉得自信不是来源于条件的完美无缺，是来源于一种精神上的不可战胜，只要你自己不被打倒，没有什么人能够让你不从地上站起来。我就是经过了这样一番思索，也经过这种接纳与调整，我才有了这次讲演的题目：我爱我的性别。

我很喜欢这样一句话，我把它抄在我的本子上，我这么大一个年纪的人现在还跟中学生似的，喜爱一句话还抄本，但我真的非常喜欢这句话：你不要期待我带给你新的知识，我所能带给你的东西你本来已经拥有了；我要求你放弃的东西你却其实从未占有过。我在想,对我来说,我不喜欢我的性别,我又没有那么大的决心可以去做变性手术,也不知道那些无数痛苦换来的器官,到时候是靠什么样的药物维持,我想象我是做不到的。你不爱你的性别,你又不能去做变性的手术,你只有在痛苦中生存。那唯一的办法就是正视这个现实,接受我们的性别,并且热爱它!所以在这个春天的上午,我想在太阳下再一次地说:我热爱我的性别。也希望所有的女性朋友们热爱我们的性别。

我眉飞扬

○ 生命大于器官。心悦诚服地接受自己的外形。

眉毛对人并不是非常重要的。我之所以这么说，是因为人如果没有了眉毛，最大的变化只是可笑。脸上的其它器官，倘若没有了，后果都比这个损失严重的多。比如没有了眼睛，我说的不是瞎了，是干脆被取消掉了，那人脸的上半部变得没有缝隙，那就不是可笑能囊括的事，而是很可怕的灾难了。要是一个人没有鼻子，几乎近于不可思议，脸上没有了制高点，变得像面饼一样平整，多无聊呆板啊。要是没了嘴，脸的下半部就没有运动和开阔，死板僵硬，人的众多表情也就没有了实施的场地，对于人类的损失，肯定是灾难性的。流传的相声里，有理发师捉弄顾客，问："你要不要眉毛啊？"顾客如果说要，他就把眉毛剃下来，交到顾客手里。如果顾客说不要呢，他也把顾客的眉毛剃下来，交到顾客手里。反正这双可怜的眉毛，在存心不良的理发师傅手下，是难逃被剃光的下场了。但是，理发师傅再捣蛋，也只敢在眉毛上作文章，他就不能问顾客，"你要不要鼻子啊？"按照他的句式，再机灵的顾客，也是难逃鼻子被割下的厄运。但是，他不问。不是因为这个圈套不完美，而是因为即使顾客被套住了，他也无法操作。同理，脸上的眼睛和嘴巴，都不能这样处置。可见，只有眉毛，是面子上无足轻重的设备了。

但是，也不。比如我们形容一个人快乐，总要说他眉飞色舞，说一个男子英武，总要说他剑眉高耸，说一个女子俊俏，总要说她蛾眉入鬓，说到待遇的不平等，总也忘不了眉高眼低这个词，还有柳眉倒竖眉开眼笑眉目传情眉头一皱计上心来……哈，你看，几乎在人的喜怒哀乐里，都少不了眉毛的份。可见，这个平日只是替眼睛抵挡下汗水和风沙的眉毛，在人的情感词典里，真是占有不可忽视的位置呢。

我认识一位女子，相貌身材肤色连牙齿，哪里长得都美丽。但她对我说，对自己的长相很自卑。我不由得又上上下下左左右右地将她打量了个遍，就差没变成一架 B 超仪器，将她的内脏也扫描一番。然后很失望地对她说，对不起啦，我实在找不到你有哪处不够标准？还请明示于我。她一脸沮丧地对我说，这么明显的毛病你都看不出，你在说假话。你一定是怕我难受，故意装傻，不肯点破。好吧，我就告诉你，你看我的眉毛！

我这才凝神注意她的眉毛。很粗很黑很长，好似两把炭箭，从鼻根耸向发际……

我说，我知道那是你画了眉，所以也没放在心里。

女子说，你知道，我从小眉毛很淡，而且是半截的。民间有说法，说是半截眉毛的女孩会嫁得很远，而且一生不幸。我很为眉毛自卑。我用了很多方法，比如人说天山上有一种药草，用它的汁液来画眉毛，眉毛就会长得像鸽子的羽毛一样光彩颀长，我试了又试，多年用下来，结果是眉毛没见得黑长，手指倒被那种药草染得变了颜色……因为我的眉毛，我变得自卑而胆怯，所有需要面试的工作，我都过不了关，我觉得所有考官都在直眉瞪眼地盯着我的眉毛……你看你看，直眉瞪眼这个词，本身就在强调眉毛啊……心里一慌，给人的印象就手足无措，回答问题也是语无伦次的，哪怕我的笔试成绩再好，也惨遭淘汰。失败的次数多了，我更没信心了。以后，我索性专找那些不必见人的工作，猫在家里，一个人做，这样，就再也不会有人见到我的短短的暗淡的眉毛了，我觉得安全了一些。虽然工作的薪水少，但眉毛让我低人一等，也就顾不了那么多了。

　　我吃惊道，两根短眉毛，就这样影响你一生吗？

　　她很决绝地说，是的，我只有拼力弥补。好在商家不断制造出优等的眉笔，我画眉的技术天下一流。每天，我都把自己真实的眉毛隐藏起来，人们看到的都是我精心画出的美轮美奂的眉毛。不会有人看到我眉毛的本相。只有睡觉的时候，才暂时地恢复原形。对于这个空当，我也作了准备，我设想好了，如果有一天我睡到半夜，突然被火警惊起，我一不会抢救我的财产，二不会慌不择路地跳楼，我要做的最重要的一件事，就是掏出眉笔，把我的眉毛妥妥帖帖画好，再披上一条湿毛毯匆匆逃命……

我惊讶得说不出话来，然后是深切的痛。我再一次深深体会到，一个人如果不能心悦诚服地接受自己的外形，包括身体的所有细节，那会在心灵上造成多么锋利持久的伤害。如霜的凄凉，甚至覆盖一生。

至于这位走水也画眉的女子，由于她内心的倾斜，在平常的日子里，她的眉笔选择得过于黑了，她用的指力也过重了，眉毛画得太粗太浓，显出强调的夸张和滑稽的戏剧化了……她本想弥补天然的缺陷，但在过分补偿的心理作用下，即使用了最好的眉笔，用了漫长的时间精心布置，也未能达到她所预期的魅力，更不要谈她所渴望的信心了。

眉毛很重要。眉毛是我们脸上位置最高的饰物。（假如不算沧桑之刃在我们的额头上镌刻的皱纹。）一双好的眉毛，也许在医学美容专家的研究中，会有着怎样的弧度怎样的密度怎样的长度怎样的色泽……但我想，眉毛最重要的功能，除了遮汗挡沙之外，是表达我们真实的心境。当我们自豪的时候，它如鹰隼般飞扬，当我们思索的时候，它有力的凝聚。当我们哀伤的时候，它如半旗低垂，当我们愤怒的时候，它——扬眉剑出鞘……

假如有火警响起，我希望那个女子能够在生死关头，记住生命大于器官，携带自己天然的眉毛，从容求生。

我眉飞扬。不论在风中还是雨中，水中还是火中。

没有一棵小草自惭形秽

○ 像小草一样昂然挺立、安然生活。

被人邀请去看一棵树,一棵古老的树。大约有五千年的历史,已被唐朝的地震弯折了腰,半匍匐着,依然不倒,享受着人们庄严的注视。

我混在人群中直着脖子虔诚地仰望着古树顶端稀疏的绿叶,一边想,人和树相比是多么的渺小啊。人生出来,肯定比一粒树种要大很多倍,但人没法长得如树般伟岸。在树小的时候,人是很容易就把树枝包括树干折断,甚至把树连根拔起,树就结束了生命。就算是小树长成了大树,归宿也是被人伐了去,修成各种各样实用的物件。长得好的树,花纹美丽木质出众,也像美女一样,红颜薄命,被人劫掠的可能性更大,于是很多珍贵的树种濒临灭绝。在这一点上,树是不如人的。美女可以人造,树却是不可以人造的。

树比人活得长久,只要假以天年,人是绝对活不过一棵树的。树并不以此傲人,爷爷种下的树,照样以累累果实报答那人的孙子或是其他人的后代。

通常情况下，树是绝对不伤人的。即便如前几天报上所载一些村民在树下避雨，遭了雷击致死，那元凶也不是树，而是闪电，树也是受害者。人却是绝对伤树的，地球上森林数量的锐减就是明证，人成了树的天敌。

树比人坚忍。在人不能居住的地方，树却裸身生长着，不需要炉火或是空调的保护。树会帮助人，在饥馑的时候，人扒过树的皮以充饥，我们却从未听到过树会扒下人的什么零件的传闻。

很多书籍记载过这棵古树，若是在树群里评选名人的话，这棵古树是一定名列前茅了。很多诗人词人咏颂过这棵古树，如果树把那些词句都当作叶子一般披挂起来，一定不堪重负。唐朝的地震不曾把它压倒，这些赞美会让它仆在地上。

树的寿命是如此的长久，居然看到过妲己那个朝代的事情。在我们死后很多年，这棵古树还会枝叶繁茂地生长着。一想到这一点，无边的嫉妒就转成深深的自卑。作为一个人活不了那么久远，伤感让我低下头来，于是我就看到了一棵小草，一棵长在古树之旁的小草。只有细长的两三片叶子，纤细得如同婴儿的睫毛。树叶缝隙的阳光打在草叶的几丝脉络上，再落到地上，阳光变得如绿纱一样飘浮了。

这样一株柔弱的小草，在这样一棵神圣的树底下，一定该俯首称臣毕恭毕敬了吧？我竭力想从小草身上找出低眉顺眼的谦卑，最后以失望告终。这棵不知名的小草，毫无疑问是非常渺小的。就寿命计算，假设一岁一枯荣，老树很可能见过小草五千辈以前的祖先。就体量计算，老树抵得过千百万小草集合而成的大军。就价值来说，人们千里万里路地赶了来，只为瞻仰老树，我敢肯定没有一个人是为了探望小草。

既然我作为一个人，都在古树面前自惭形秽了，小草你怎能不顶礼膜拜？我这样想着，就蹲下来看着小草。在这样一棵历史久远声名卓著的古树身边，你岂不要羞愧死了？

小草昂然立着，我向它吐了一口气，它就被吹得蜷曲了身子，但我气息一尽，它就像弹簧般伸展了叶脉，快乐地抖动着。我再吹一口气，它还是在弯曲之后怡然挺立。我悲哀地发现，不停地吹下去，到我气绝倒地的一刻，小草却安然。

草是卑微的，但卑微并非指向羞惭。在庄严的大树身旁，一棵微不足道的小草都可以毫不自惭形秽地生活着，何况我们万物灵长的人类！

对自己诚实一点

○ 竭力真实，让人生慢慢完美。

当你企图在两个不同的自我之间游走时，你在生活中的形象就变得复杂混乱，你面临的形式也更加琢磨不透，甚至你的身体也无所适从了。

我们总是希图表现得比我们实际的情况要好一些。

好比我们小的时候，如果有客人要来，我们会被父母要求："你要乖一些啊！"等客人走了，父母会说："好了，现在你可以放松一下了。"这些都是很平常的话，却在不知不觉中给我们留存了一个印象——你要在某些特殊的场合和任务面前，努力表现得比你实际拥有的状况更好。

什么是更好呢？

就是按照世俗的标准，我们要更聪明、更好学、更勤劳、更大度、更幽默、更有责任感、更勇敢、更……还可以举出更多的"更"。总之，是比你本人更完美。

这个主观动机可能并不是太坏。爱美之心，人皆有之嘛！

不过，这就形成了一个习惯。我们把一个不真实的自我呈现在别人面前，并认为这才是可爱的，才是有价值的。而那个真实的自我，则是上不得台面的残次品，是应该被掩藏和遮盖的。

这就是自我形象的分裂。我们不喜欢真实的自我，我们把一个乔装打扮的"假我"拿给大家看。当这个"假我"被人欢迎和夸赞的时候，我们一方面沾沾自喜，觉得自己成功地扮演了一个角色，而这个角色就是别人眼中的"我"。另外一方面，我们的自卑加重了，我们知道外界的评价都是给予那个不存在的"我"，真实的我反倒像灰姑娘一样，躲在角落里捡煤渣。

长久下去，我们就变成了一个分裂的人。

这种现象，比比皆是。比如我们常常听到女性朋友说，结婚以后，他的真面目暴露出来了，我几乎不敢相信他和结婚前是同一个人。

也有的领导会说，这个人是我招聘的，当时看他非常勤快，想不到真的走上岗位以后，却非常懒惰，毫无工作的主动性。

以上这两个例子，最后是以离婚和炒鱿鱼作结。可见，伪装的自我，可以骗人一时，却不能矫饰久远，最后吃亏的还是你。

如果你觉得真实的自我还不够完善，那么最好的方法，是让自己渐渐变得完善起来，而不是敷衍、遮盖或欺骗。那样的话，自己很辛苦不说，离完美是越来越远。再有，天下的人都不是傻子，你装得了一时三刻，却没有法子永远生活在一个不属于你的光环中。一旦被人家识破，你被减分更多。

我年轻的时候，心其实很累。因为总想表现得比自己真实的

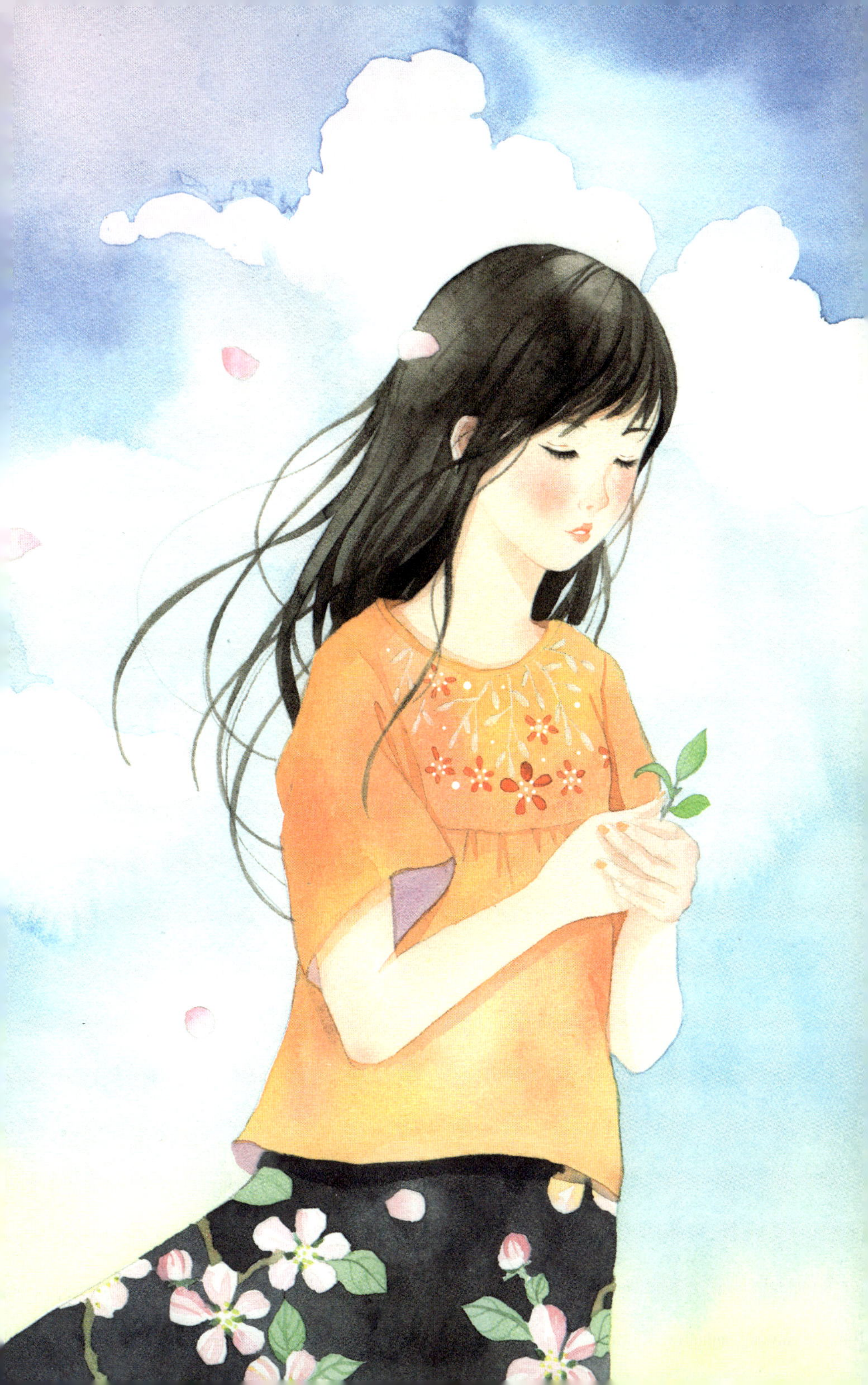

生活中就像没有无缘无故的爱一样,也没有无缘无故的幸运。无端的幸运往往更像一场阴谋一个陷阱的开始。我不相信命运,我只相信我的手。
　　我不相信手掌的纹路,但我相信手掌加上手指的力量。

状态更好一些，便不由自主地要作假。明明不快乐，怕被人看出，以为是思想问题，就表现出欢天喜地的兴奋。对领导有意见，怕领导对自己看法不良，影响进步，就故意在领导面前格外卖力地工作。其实，那彼此的不融洽，大家心知肚明。在会议上有不同意见，因为判断出自己是少数，就放弃主见随大流，默不作声……凡此种种，以为是老练的举措，都让我做人辛苦，不胜其烦。

后来，终于明白了，要以自己的真实面目示人。没有必要取悦他人，没有必要委屈自己。这样做了以后，我本以为机会一定要少很多，因为抱定了破釜沉舟的决心，只求这一生做一个真实的自我，付出代价也认了。不想，却多了朋友，多了机缘。

思来想去，原来大家都更喜欢真实的东西。你真实了，自己安全了，也让他人觉得安全，机遇反倒萌生。从此，竭力真实。不但自己省力、省心，节省出的能量可以做更多的事情，而且成功的概率也高了起来。

握紧你的右手

○ 相信自己的力量，将命运紧握在自己手中。

常常见女孩郑重地平伸着自己的双手，仿佛托举着一条透明的哈达。看手相的人便说：男左女右。女孩把左手背在身后，把右手手掌对准湛蓝的天。

常常想：世上可真有命运这种东西？它是物质还是精神？难道说我们的一生都早早地被一种符咒规定，谁都无力更改？我们的手难道真是激光唱盘，所有的祸福都像音符微缩其中？

当我沮丧的时候，当我彷徨的时候，当我孤独寂寞悲凉的时候，我曾格外地相信命运，相信命运的不公平。

当我快乐的时候，当我幸福的时候，当我成功优越欣喜的时候，我格外地相信自己，相信只有耕耘才有收成。

渐渐地，我终于发现命运是我怯懦时的盾牌，当我叫嚷命运不公最响的时候，正是我预备逃遁的前奏。命运像一只筐，我把对自己的姑息、原谅以及所有的延宕都一股脑儿地塞进去。然后蒙一块宿命的轻纱。我背着它慢慢地向前走，心中有一份心安理得的坦然。

有时候也诧异自己的手。手心叶脉般的纹路还是那样琐细，但这只手做过的事情，却已有了几番变迁。

在喜马拉雅山、冈底斯山、喀喇昆仑山三山交汇的高原上我当过卫生员，在机器轰鸣铜水飞溅的重工业厂区里我做过主治医师。今天，当我用我的笔杆写我对这个世界的想法时，我觉得是用我的手把我的心制成薄薄的切片，置于真和善的天平之上……

高原呼啸的风雪，卷走了我一生中最好的年华，并以浓重的阴影，倾泻于行程中的每一处驿站。

岁月送给我苦难，也随赠我清醒与冷静。我如今对命运的看法，恰恰与少年时相反。

当我快乐当我幸福当我成功当我优越当我欣喜的时候，当一切美好辉煌的时刻，我要提醒我自己——这是命运的光环笼罩了我。在这个环里，居住着机遇，居住着偶然性，居住着所有帮助过我的人。

而当我挫折和悲哀的时候，我便镇静地走出那个怨天尤人的我，像孙悟空的分身术一样，跳起来，站在云头上，注视着那个不幸的人，于是我清楚地看到了她的软弱，她的懦怯，她的虚荣以及她的愚昧……

年近不惑，我对命运已心平气和。

小时候是个女孩儿，大起来成为女人，总觉得做个女人要比男人难，大约以后成了老婆婆，也要比老爷爷累。

生活中就像没有无缘无故的爱一样，也没有无缘无故的幸运。

对于女人,无端的幸运往往更像一场阴谋一个陷阱的开始。我不相信命运,我只相信我的手。

因为它不属于冥冥之中任何未知的力量,而只属于我的心。我可以支配它,去干我想干的任何一件事情。我不相信手掌的纹路,但我相信手掌加上手指的力量。

蓝天下的女孩儿,在你纤细的右手里,有一粒金苹果的种子。所有的人都看不见它,惟有你清楚地知道它将你的手心炙得发疼。

那是你的梦想,你的期望!

女孩,握紧你的右手,千万别让它飞走!相信自己的手,相信它会在你的手里,长成一棵会唱歌的金苹果树。

第二章

因为有伤,更懂坚强

你不能要求没有风暴的海洋

○ 安然接纳生命中的粗纤维。

痛苦和磨难,是人生不可分割的一部分。只有接受这一事实,我们才能超越它,更加看清生命的意义。

你说你不要这些苦难,那么生命也就失去了框架。很多自杀的人,就是因为没有理会这种意义,一厢情愿地认为生命是应该只有甘甜没有挫败的。特别是在恋爱早期,那种汹涌的荷尔蒙带来的欢愉,让人把激情当成了常态。生命的常态,其实就是平稳和深邃,还有暗流。在最深刻的层面,我们不单与别人是分离的,而且与世界也是分离的,兀自踯躅前行。

生命的每一步都带着人们向死亡之境跌落,不要存在幻想,这才让你比较持久稳定,安然地居住在孤独中,胸中如有千沟万壑、千军万马。只有接受这一事实,我们才能超越死亡,腾起在空中,看清生命的意义。

有一次,到沙漠中间的一个城市去,临行之前和当地的朋友联络。她不停地说,毕老师,你可要做好准备啊,我们这里经常是黄沙蔽日。不过,这几天天气很不错,只是不知道它能不能坚持到你到来的那一天。

我有点纳闷。虽然人们常常说,"您的到来带来了好天气",或者说,"天气也在欢迎您呢",谁都知道,这是典型的客套。个体的人是多么渺小啊,我们哪里能影响到天气!

不过这位朋友反复地提到天气,还是让我产生了好奇。我说,不管好天气还是坏天气,我们都不能挑选。天气是你们那里的一部分,就是黄沙蔽日,也是你们的特色啊。

说者无意,听者有心。后来,这位朋友对我说,她听了我的话,就放下心来。我很奇怪,因为自觉这番话里,并没有多少劝人安心的含义啊。她说,我们这里天气多变,经常有朋友一下飞机就抱怨,闹得主客都很尴尬。

我说,坏天气也是大自然的一部分,就像每个人的生命中都必定下雨,某些日子势必黑暗又荒凉。就像你不可能总是吃细粮,那样你就会得大肠癌。你一定要吃粗纤维。坏天气、悲剧、死亡、生病,都是生命中的粗纤维,我们只有安然接纳。

你不可能要求一个没有风暴的海洋。那不是海,是泥潭。

风不能把阳光打败

○ 不要看见暗影,就忘记光明的存在。

"但是"这个连词,好似把皮坎肩缀在一起的丝线,多用在一句话的后半截儿,表示转折。

比方说:你这次的考试成绩不错,但是——强中自有强中手。

比方说:这女孩身材不错,但是——皮肤黑了些。

不知"但是"这个词刚发明的时候,它前后意思的分量是否大致相当。也就是说,它只是一个单纯纽带,并不偏向谁。后来在长期的使用磨损中,悄悄变了。无论在它之前堆积了多少褒词,"但是"一出,便像洒了盐酸的污垢,优点就冒着泡没了踪影,记住的总是贬义,好似爬上高坡,没来得及喘匀口气,"但是"就不由分说地把你推下了谷底。

"但是"成了把人心捆成炸药包的细麻绳,成了马上有冷水泼面的前奏曲,让你把前面的温暖和光明淡忘。只有振作精神,迎击扑面而来的顿挫。

其实,所有的光明都有暗影,"但是"的本意,不过是强调事物立体。可惜日积月累的负面暗示,"但是"这个预报一出,就抹去了喜色,忽略了成绩,轻慢了进步,贬斥了攀升。

一位心理学家主张大家从此废弃"但是",改用"同时"。

比如我们形容天气的时候,早先说:今天的太阳很好,但是风很大。

今后说:今天的太阳很好,同时风很大。

最初看这两句话的时候,好像没有多大差别。你不要着急,轻声地多念几遍,那分量和语气的韵味,就体会出来了。

"但是风很大",会把人的注意力凝固在不利的因素上,觉着太阳好不是件值得高兴的事情,风大才是关键。借助了"但是"的威力,风把阳光打败。

"同时风很大",它更中性和客观,前言余音袅袅,后语也言之凿凿,不偏不倚,公道而平整。它使我们的心神安定,目光精准,两侧都观察得到,头脑中自有安顿。

一词背后,潜藏着的是如何看待世界和自身的目光。

花和虫子,一并存在。我们的视线降落在哪里?

"但是",是一副偏光镜,让我们把它对准虫子,把它的身子放得浓黑硕大。"同时",是一个透明的水晶球,均衡地透视整体,既看见虫子,也看见无数摇曳的鲜花。

尝试用"同时"代替"但是"吧。时间长了,你会发现自己多了勇气,因为情绪得到了保养和呵护,你会发现拥有了宽容和慈悲,因为更细致地发现了他人的优异。你能较为敏捷地从地上爬起,因为看到沟坎的同时,也看到了远方的灯火……

泥沙俱下地生活

○ 生活泥沙俱下，生命精彩纷呈。

有年轻人问，对生活，你有没有产生过厌倦的情绪？

说心里话，我是一个从本质上对生命持悲观态度的人，但对生活，基本上没产生过厌倦情绪。这好像是矛盾的两极，骨子里其实相通。也许因为青年时代，在对世界的感知还混混沌沌的时候，我就毫无准备地抵达了海拔五千米的藏北高原。猝不及防中，灵魂经历了大的恐惧、大的悲哀。平定之后，也就有了对一般厌倦的定力。面对穷凶极恶的高寒缺氧、无穷无尽的冰川雪岭，你无法抗拒人是多么渺小、生命是多么孤单。你有一千种可能性会死，比如雪崩，比如坠崖，比如高原肺水肿，比如急性心力衰竭，比如战死疆场，比如车祸枪伤……但你却在苦难的夹缝当中，仍然完整地活着。而且，只要你不打算立即结束自己，就得继续活下去。愁云惨淡畏畏缩缩的是活，昂扬快乐兴致勃勃的也是活。我盘算了一下，权衡利弊，觉得还是取后种活法比较适宜。不单是自我感觉稍愉快，而且让他人（起码是父母）也较为安宁。就像得过了剧烈的水痘，对类似的疾病就有了抗体，从那以后，一般的颓丧就无法击倒我了。我明白日常生活的核心，其实是如何善待每人仅此一次的生命。如果你珍惜生命,就不必因为小的苦恼而厌倦生活。因为泥沙俱下并不完美的生活,正是组成宝贵生命的原材料。

他又问,你对自己的才能有没有过怀疑或是绝望?

我是一个"泛才能论"者——即认为每个人都必有自己独特的才能,赞成李白所说的"天生我材必有用"。只是这才能到底是什么,没人事先向我们交底,大家都蒙在鼓里。本人不一定清楚,家人朋友也未必明晰,全靠仔细寻找加上运气。有的人可能一下子就找到了;有的人费时一世一生;还有的人,干脆终身在暗中摸索,不得所终。飞速发展的现代科技,为我们提供了越来越多施展才能的领域。例如,爱好音乐,爱好写作……都是比较传统的项目,热爱电脑,热爱基因工程……则是近若干年才开发出来的新领域。有时想,擅长操纵计算机的才能,以前必定悄悄存在着,但世上没这物件时,具有此类本领潜质的人,只好委屈地干着别的行当。他若是去学画画,技巧不一定高,就痛苦万分,觉得自己不成才。比尔·盖茨先生若是生长在唐朝,整个就算瞎了一代英雄。所以,寻找才能是一项相当艰巨重大的工程,切莫等闲。

人们通常把爱好当作才能,一般说来,两相符合的概率很高,但并不像克隆羊那样惟妙惟肖。爱好这个东西,有时候很能迷惑人。一门心思凭它引路,也会害人不浅。有时你爱的恰好是你所不具备特长的东西,就像病人热爱健康、矮个儿渴望长高一样。因为不具备，所以，就更爱得痴迷，九死不悔。我判断人对自己的才能产生深度的怀疑以至绝望，多半产生于这种"爱好不当"的漩涡之中。因此，在大的怀疑和绝望之前，不妨先静下心来，冷静客观地分析一下，考察一下自己的才能，真正投影于何方。评估关头，最好先安稳地睡一觉，半夜时分醒来，万籁俱寂时，摈弃世俗和金钱的阴影，纯粹从人的天性出发，充满快乐地想一想。

为什么一定要强调充满快乐地去想呢？我以为，真正令才能充分发育的土壤，应该同时是我们分泌快乐的源泉。

他的最后一个问题是，你是怎样度过人生的低潮期的？

安静地等待。好好睡觉，像一只冬眠的熊。锻炼身体，坚信无论是承受更深的低潮或是迎接高潮，好的体魄都用得着。和知心的朋友谈天，基本上不发牢骚，主要是回忆快乐的时光。多读书，看一些传记。一来增长知识，顺带还可瞧瞧别人倒霉的时候是怎么挺过去的。趁机做家务，把平时忙碌顾不上的活儿都抓紧此时干完。

无伤不香

○ 精彩多自苦难中着墨，旷世奇才多在悲怆中诞生。

我在密林中跋涉，探望不知名的香草。这是印度洋上的一个小岛，以盛产香料闻名于世，俗称为香岛。我的头上顶了一顶香草的花冠，手腕子上悬了一圈香草的手环。手指上，戴着香草编的戒指。走动的时候，香风袅袅。这些香草饰品，都是当地土著的孩童，一边走一边将拦路的香草采撷下，随手编起来送我的。

香草名目繁多，这个是口红的原料，那个可以烤羊排……刚开始我还努力默诵它们的名称，但很快就放弃了劳而无功的努力。浩如烟海，实在太多了。

印度洋的和风从树叶的间隙处吹拂，在这异国的土地上，脑子里想到的竟是屈原。他酷爱香草，把《楚辞》和《离骚》，变成了香草的大典。

"扈江离与辟芷兮，纫秋兰以为佩。……朝搴阰之木兰兮，夕揽洲之宿莽。"

"杂申椒与菌桂兮，岂惟纫夫蕙茝？"

"畦留夷与揭车兮，杂杜衡与芳芷。"

"朝饮木兰之坠露兮，夕餐秋菊之落英。"

……

当年读到的时候,从不曾把江离、辟芷、兰、木兰、宿莽、申椒、菌桂、留夷等等到底是什么植物搞明白,不晓得它们归什么科什么属,甚至连屈原寄寓其中的象征意味也一并荒却了。记住的只是篇章中充满了异香,而香氛可以博得神灵的喜爱。

正遥想着故国往事,突然从香草丛中转出一位老媪,脸色黝黑皱纹密布,整个面容没有任何水分,简直如雷火焚烧过的焦木,比木乃伊还要干枯。

我被骇住,以为碰到树妖。

她手背如炭,手掌是淡粉色的。近乎苍白的手心里托着个小瓶子,对我的导游飞快地说着什么。

导游迟疑了一下,看来这位老人家的出现,出乎他的意料。但民族传统中对年长的人非常尊敬,他耐心地听完老媪的话后对我说,老人家说她有一些香料,问你要不要。

我极力隐藏住被袭扰的惊愕,出于礼貌说,什么香料?

导游将我的问话翻译过去。老人的表情变得敬畏,掷地有声地回了句。导游转脸对我说,她说这是一切香之母。

这句话让我好奇。我轻轻地重复,一切香料之母?这是一种什么东西呢?

导游纠正我说,不是一切香料之母,是一切香之母。

我一时反应不过来,问,这难道还有什么区别吗?

导游说，它们大有区别，简直就是原则不同。一切香料之母是不存在的，因为香料如此千姿百态，不可能有统一的母亲。如果一定要找到它们共同的来源，那只能是我们脚下的这片热带土地了。但是，一切香的母亲，是存在的。它就在这个瓶子里，普天下最好的香氛都来自它。

话说到这份儿上，我是非要把小瓶子打开闻一闻了。

拧开瓶盖，凑过去，果然，那些貌不惊人的树皮样的灰绿色颗粒，散发无比奇异的芬芳。我好像碰到了一个熟人。

多少钱一瓶？我问。

老人报了一个数字，价值不菲。

若是为了我自己，我就不买了。但我想起国内有一位朋友，酷爱香草。我掏钱把小瓶子买了下来。老妪做成了这单买卖，不说一句话，隐身回密林之中。只见树影婆娑，了无痕迹。如果不是我手中留的这个小瓶子，几乎怀疑刚才是幻觉。

后面的参观，我心不在焉，再三追问导游这香料究竟叫什么名字。他查了手机上的词典，又把电话打到据称是最博学的同伴那里请教，得到的还是一句话，此为众香之母。

回到北京后，我终于想起来，我以前是闻到过这种香的。

那是一个清晨。

风是香的白马。

没有风的时候，香也是香的，可惜走不远，固执地停在当地，至多烟气袅袅地在香炷顶上盘旋着，好像旧时的烽火。有了风，香就翩翩起舞了。香对风特别敏感，以婀娜的驰骋之痕描绘出风的每一丝律动。你不知看到的是香的肌肤还是风的花纹。

香师净手后，以香匙从香瓶中舀出微小的绿色香屑，盛放于以白而透明的云母片做的小香盘中，先用香压轻按，让香屑们如真正的薪火般紧密。然后又用香通抖耙了一下，把少许空气掺进致密的粉屑中。之后，香师用香枪将沉香木屑点燃。

屏气等待。很久很久。粉末大智若愚地沉默着，直到我憋得喘不过气，绝望地以为此粉根本拒绝燃烧。当除了香师以外所有的人，认定火种已然熄灭之时，忽有一丝若有若无的气息，从香屑中袅袅婷婷地升起，断断续续汇聚成一匹细小的龙，蜿蜒而上，扶摇凌空，悄无声息沁入了我们的鼻孔。清丽而甜美的香气，像蚕丝逶迤而进，缠绕了肺腑，令人迷醉。

从内到外都被香氛熏染，恍惚被香料将脏腑浸透。此刻吐出的话语，都是香的吧？只是那一刻，却没有人说话，贪婪地呼吸着。

这香氛，来自沉香。

人们常说沉香木，顾名思义却是错的。与檀香不同，沉香并不是木材，是一类特殊的香树"结"出来的"果实"。它是混合了树脂和木质成分的固态凝聚物。沉香多呈不规则块状、片状或盔状。一般长约7～30厘米，宽约1.5～10厘米，超过1米以上者，就是珍品了。燃烧时散发出的香味高雅、沉静、清甜，沁人心脾，能使人心平气和，进入祥和平静的状态，起到调节人体气血运行，疏通人体气机的作用。

沉香的母树本身并无特殊的香味，而且木质较为松软，被称为"风树"，生长于热带。风树本身并不沉重，原木的比重只为0.4，入了水也鸭子似的漂浮着，和通常的树木并无二样。让沉香沉重起来的是树脂，质地坚硬沉凝。当它的含量超出25%时，不论是沉香的块、片、甚至粉末，都会遇水即沉，沉香由此得名。古人还为沉香细致分类，取了很多有趣的小名。比如体积较小，状如马齿的，就叫作"马牙香"；薄薄一片的，就叫"叶子香"；如果沉香内有空隙，就叫"鸡骨香"；外表如枯槁山石，其貌不扬的，干脆称"光香"……

沉香树多是乔木，通常会很高，大树可高十丈余。当风树的表面或内部形成伤口时，为了保护受伤的部位不发生腐烂，风树会紧急动员起来，驱动树脂聚集于伤口周围，以疗治创伤自保。累积的树脂浓度达到丰厚的程度时，如果将此部分取下，便成为可使用的沉香。

形成一块上好的沉香，通常需几十年的时间。那些绝世的佳品因其树脂含量高，有时要历经数百年的时间。

以往，沉香是天意的产品。那些含有沉香的母树，寿数到了，倒伏在地，经风吹雨淋之后，能够腐烂的木质都消失了，剩余的不朽之材，就是含脂的沉香了。有的母树倒伏后沉浸于沼泽，被水中的微生物分解，再被人从沼泽中捞起来，被称为"水沉"。如果母树一个跟斗栽进了土层中，深埋于土内，被土中的微生物分解后腐朽，残剩的未腐部分被称为"土沉"。还有一种是把活树人工砍伐下来，置于地上，经白蚁蛀食，那剩余的沉香，称为"蚁沉"。还有一种是在活树身上砍伐采摘沉香，称为"活沉"。

不管何种方式，"风树"都要先受伤。大自然造成风树受伤的原因有很多种，比如山火扑袭野兽攀爬，雨雹撕砸虫蛀蚁噬……甚至不明原因的局部死亡。受伤后所积聚的油脂，在伤口处形成"香种子"，然后风树还会再接再厉，把更多的油脂汇聚到伤口处。这样，香脂就会蔓延，再经千百年的时间醇化，沉香就诞生了。

沉香是甜美的，但取得沉香的方法，却让人惊心动魄。

由于自然界野生的沉香极其微小，庞大的需求和高昂的标价，让人们等不及大自然的时间表了。既然沉香来源于风树的伤口，那么，如果人为地让风树受伤，沉香的产量岂不大增？据说最先是越南人发明了这方法。风树如有知，必椎心泣血。

先是选择树干直径 30 厘米以上的大树，在树干距地面 1.5～2 米处，狠狠地用刀顺砍数刀，刀刀见骨，深达 3～4 厘米。如果是人，怕早已血流成河生命垂危了。然而风树是顽强的，自受伤那一刻起，就全树总动员，刻不容缓殚精竭虑地为自己疗伤。风树在伤处分泌树脂，包裹创痕，犹如人在大出血的时候勒起止血带。这个过程要持续很多年。不过施暴的人等不及了，几年后，当初下刀的人估摸时间差不多了,故地重游,就像收获庄稼一样,来割取沉香。割取时,将初步成形的沉香取走还不算,还要顺势造成新的伤口。风树为了挽救自己的生命,只有再一次继续调兵遣将紧急驰援,分泌新的树脂,客观上就生成新的沉香了。为了怕风树受伤太重而死去,人会用愈伤防腐的膜封好伤口,以便让伤口迅速形成紧贴木质的软膜,以利于风树休养生息。待伤口附近数年后再次生成沉香,即可割取。

更有甚者,名叫——断干法。大体和上面所说方法类似,只是砍得更深,要达到树干直径的三分之一至二分之一,以便更多的树脂流出来,以达到结香更快更多之目的。其次还有凿洞法。就是在树干上,凿多个宽2厘米、长5~10厘米、深也是5~10厘米的长方形或圆形洞,用泥土封闭,让其结香。还有一法叫"开香门"。就是用刀在树干上横砍入木质部3~5厘米,造成一至数个又深又长的伤口,促其结香。

一路听下来,背脊发凉。任何一个方法,不管叫什么名字,用什么工具,都脱不了刀剁斧劈剥皮掏心,总之是人为地给风树造成深重的创伤,然后利用风树泌脂结痂的本能,人为制造出沉香来。可以想象的是,几年后,当初动刀动斧的人,该怀着怎样望眼欲穿欣喜若狂的心情,来清点他们的胜利果实。

还有一种名叫"人工接种"法,听起来好像很科学斯文的方法,本质是极其可怕的杀戮。先选好一棵大树,然后用锯和凿在树干的同一侧，从上到下每隔40～50厘米开一香门，香门长和深度均为树干粗的一半，宽为1厘米。开好香门后，将菌种塞满香门，用塑料薄膜包扎封口。一连串的伤口，风树该是怎样的悲怆！只有垂死一搏，用尽所有的气力来封闭创口，以求生存。最顽强的树木，垂死挣扎苟延残喘地活了过来，正当它庆幸自己上下伤口都结了疤，终于逃脱了死亡的魔爪时，当初的接种者款款走来了。在他眼中，每一块伤疤，都是一沓沓的钞票。他微笑着挥动斧锯，将整株风树砍下来采香。

故事听完，沉香不香了。

香师看出了我们的沉闷，换了个方向，说，沉香有非常好的药用价值。中医药典中说"沉香，味辛，气微温，阳也，无毒。入命门。补相火，抑阴助阳，养诸气，通天彻地，治吐泻，引龙雷之火下藏肾宫，安呕逆之气，上通于心脏，乃心肾交接之妙品。又温而不热，可常用以益阳者也"。

我对"龙雷之火"一词印象深刻。当初学习中医的时候，对此大感不解，老师曾为我提点迷津。

首先提出"龙雷之火"这一命题的，是清代名医喻嘉言。他曾在《医门法律》中说道："阴邪旺一分，则龙雷火高一分，譬如盛夏之日，阴霾四布则龙雷奔腾，离照当空则群阴消散"。

清末郑钦安在《医理真传》的"坎卦解"一篇中，用坎卦的一阳寓于二阴之中来说明龙雷之火的实质。水涨则龙飞，人体阴盛一分则浮阳外扰一分，听起来十分在理。人都知道水火不相容，不过龙雷之火是阴阳相互嵌顿的复杂多面体，既有主水的龙，也有主火的雷。盛夏电闪雷鸣，是阳还是阴呢？说它是阳，其下大雨倾盆。说它是阴，电光灼灼霹雳炽烈。肾是主水的，但这水中藏着真火，是平衡阴阳生发万物的宝贝。真是你中有我我中有你谁也离不了谁啊。这么复杂的病症如何医治？沉香就是治疗龙雷之火通天彻地的良药。

所以，沉香既是稀有的高级香料，又是中国名贵中草药材，再加上还是佛教修行的上等贡品，需求巨大，货源奇缺，价格贵如黄金，现在已是"一片万钱"。最名贵的奇楠香，价钱早已超过了黄金，据说一克三万块钱。宁静的沉香已摇身一变为"疯狂的木头"。空气中便弥漫着植物的血，还有精神的血的味道。

风树是沉香之母。它所结的"果实"虽富可敌城，但母树并不娇气，红壤、黄壤或是沙地上都能生长。

香师问我，如果是特别肥沃，富含深厚腐殖质之地，你觉得风树结香若何？

我说，那自然是结香又多又好啊。

香师说，不然。沃土之中，风树长得较快，但结香不多。荫蔽度大的地方，水分过于充裕，结香也很慢，甚至干脆就不会结香。唯有在瘠薄的土壤上生长十分缓慢的风树，虽然长势很差，但利于结香。

我十分惊讶,说,当真?

香师说,比如在广东某地,有白木香树生长了50年,树高超过三丈,胸径一尺以上,虽然多次接菌种,就是不结香。但同样的白木香,如果在野生状态下,在贫瘠的粘土里,虽生长慢,其貌不扬干瘪瘦弱,反倒结香多,油脂多。香的质量也好,香气浓烈。

说话间,沉香的阳气与香气,川流不息地绕着我们飞旋,使人如沐香河之中。香师说这沉香之氛,不但可以净化环境,还可以藉灵木之神转化氛围,营造出最安定、最吉祥的空间。

香师问我,你可知道在野生的沉香中,哪一处结出的香最好?

我说,不知,望告。

香师说,是以风树在雷闪劈裂的断口处结的香,最是极品。

我说,为什么呢?

因为此乃天火烧灼,既不会伤口腐坏,又能高度地刺激风树用最大的力量来分泌树脂,天香啊。你要记得,风树无损不香。

此刻,我对沉香的感受极为复杂。不言而喻,它是人间香氛的极品,但摄香过程如此残忍,简直就是植物界的杀象取牙。

无损不香,风树如此,人间又何尝不是这般!多少精彩是自苦难中着墨,多少旷世奇才要在悲怆中诞生。

风树死了,但它的孩子、它的精华——沉香还活着,袅袅生烟,绕梁三日。

我自认为热带雨林中的神秘老媪所售的万香之母,就是沉香。

为了粗线条地验证，我把它取出一点儿，轻轻放入一碗水中。它立刻像金属屑一般笔直地坠下，毫不迟疑。我把它打捞出来，只有火柴头的三分之一大小，依然无可遏制地香着。把湿漉漉的它放在我的枕边，一夜安眠，做梦游走在百花园中。

我想这一小瓶沉香，应该是雨林中的风树天然形成的。那老妪，相信草木皆有灵魂，她只取了一点点香屑来售卖，将沉香母树受到的袭扰降至最小。愿这种淳朴的方式能天长日久地保持，达到人与万物其生共谐地存在。

我在寻找那片野花

○ 贮备丰足的力量和充沛的爱，在艰难中寻找希望。

一位女友，告诉我这样一件事。

上小学的时候，班上有个女同学，叫做荞，家境贫寒，每学期都免交学杂费的。她衣着破烂，夏天总穿短裤，是捡哥哥剩下的。我和她同期加入少先队。那时候，入队仪式很庄重。新发展的同学面向台下观众，先站成一排，当然脖子上光秃秃的，此刻还未被吸收入组织嘛。然后一排老队员走上来，和非队员一对一地站好。这时响起令人心跳的进行曲，校长或是请来的英模——总之是德高望重的长辈，口中念念有词，说着"红领巾是红旗的一角，是用烈士的鲜血染成"等教诲，把一条条新的红领巾发到老队员手中，再由老队员把这一鲜艳的标志物，绕到新队员的脖子上，亲手绾好结，然后互敬队礼，宣告大家都是队友啦！隆重的仪式才算完成。

新队员的红领巾，是提前交了钱买下的。荞说她没有钱。辅导员说，那怎么办呢？荞说，哥哥已超龄退队，她可用哥哥的旧领巾。于是那天授巾的仪式，就有一点特别。当辅导员用托盘把新领巾呈到领导手中的时候，低低说了一句。同学们虽听不清是什么，但能猜出来——那是提醒领导，轮到荞的时候，记得把托盘里的那条旧领巾分给她。

满盘的新领巾好似一塘金红的鲤鱼，支棱着翅角。旧领巾软绵绵地卧着，仿佛混入的灰鲫，落寞孤独。那天来的领导，可能老了，不曾听清这句格外的交代，也许他根本没想到还有这等复杂的事。总之，他一一发放领巾，走到荞的面前，随手把一条新领巾分给了她。我看到荞好像被人砸了一下头顶，身体矮了下去。灿如火苗的红领巾环着她的脖子，也无法映暖她苍白的脸庞。

那个交了新红领巾的钱，却分到一条旧红领巾的女孩，委屈至极。当场不好发作，刚一散会，就怒气冲冲地跑到荞跟前，一把扯住荞的红领巾说，这是我的！你还给我！

领巾是一个活结，被女孩拽住一股猛挣，就系死了，好似一条绞索，把荞勒得眼珠凸起，喘不过气来。

大伙扑上去拉开她俩。荞满眼都是泪花，窒得直咳嗽。

那个抢领巾的女孩自知理亏，嘟囔着，本来就是我的嘛！谁要你的破红领巾！说着，女孩把荞哥哥的旧领巾一把扯下，丢到荞身上，补了一句——我们的红领巾都是烈士用鲜血染的，你的这条红色这么淡，是用刷牙刷出的血染的。经她这么一说，我们更觉得荞的那条旧得凄凉。风雨洗过，阳光晒过，褪了颜色，布丝已褪为浅粉。铺在脖子后方的三角顶端部分，几成白色。耷拉在胸前的两个角，因为摩挲和洗涤，絮毛纷披，好似炸开的锅刷头。

我们都为荠不平，觉得那女孩太霸道了。荠一声未吭，把新领巾折得齐整整，还了它的主人。把旧领巾端端系好，默默地走了。

后来我问荠，她那样对你，你就不伤心吗？荠说，谁都想要新领巾啊，我能想通。只是她说我的红领巾，是用刷牙的血染的，我不服。我的红领巾原来也是鲜红的，哥哥从九岁戴到十五岁，时间很久了。真正的血，也会褪色的。我试过了。

我吓了一跳。心想，她该不是自己挤出一点血，涂在布上，做过什么试验吧？我没敢问，怕得到一个肯定的答复。

毕业的时候，荠的成绩很好，可以上重点中学。但因为家境艰难，只考了一所技工学校，以期早早分担父母的窘困。

在现今的社会里，如果没有意外的变故，接受良好的教育，是从较低阶层进入较高阶层的——不说是唯一，也是最基本的孔道。荠在很小的时候，就放弃了这种可能。她也不是具国色天香的女孩，没有王子骑了白马来会她。所以，荠以后的路，就一直在贫困的底层挣扎。

我们这些同学，已近了知天命的岁月。在经历了种种的人生，尘埃落定之后，屡屡举行聚会，忆旧兼互通联络。荠很少参加，只说是忙。于是那个当年扯她领巾的女子说，荠可能是混得不如人，不好意思见老同学了。

荠是一家印刷厂的女工。早几年，厂子还开工时，她送过我一本交通地图。说是厂里总是印账簿一类的东西，一般人用不上的。碰上一回印地图,她赶紧给我留了一册,想我有时外出,或许会用得着。

说真的,正因为常常外出,各式地图我很齐备。但我还是非常高兴地收下了她的馈赠。我知道,这是她能拿得出的最好的礼物了。

一次聚会,荞终于来了。她所在的工厂宣布破产。她成了下岗女工。她的丈夫出了车祸,抢救后性命虽无碍,但伤了腿,从此吃不得重力。儿子得了肝炎休学,需要静养和高蛋白。她在几地连做小时工,十分奔波辛苦。这次刚好到这边打工,于是抽空和老同学见见面。

我们都不知说什么好,只是紧握着她的手。她的掌上有很多毛刺,好像一把尼龙丝板刷。

半小时后,荞要走了。同学们推我送送她。我打了一辆车,送她去干活的地方。本想在车上,多问问她的近况,又怕伤了她的尊严。正斟酌为难时,她突然叫起来——你看!你快看!

窗外是城乡交界部的建筑工地,尘土纷扬,杂草丛生,毫无风景。我不解地问,你要我看什么呢?

荞很开心地说,我要你看路边的那一片野花啊。每天我从这里过的时候,都要寻找它们。我知道它们哪天张开叶子,哪天抽出花茎,在哪天早晨,突然就开了……我每天都向它们问好呢!

我一眼看去,野花已风驰电掣地闪走了,不知是橙是蓝。看到的只是荞的脸，憔悴之中有了花一样的神采。于是，我那颗久久悬起的心，稳稳地落下了。我不再问她任何具体的事情，彼此已是相知。人的一生，谁知有多少艰涩在等着我们？但荞经历了重重风雨之后，还在寻找一片不知名的野花，问候着它们。我知道在她心中，还贮备着丰足的力量和充沛的爱，足以抵抗征程的霜雪和苦难。

此后我外出的时候，总带着荞送我的地图册。

朋友这样结束了她的故事。

自　拔

○ 挣脱压力的桎梏，破茧成蝶。

　　自己把自己拔出来——我喜欢"自拔"这个词。不是跳出来或是爬出来，而是"拔"。小时候玩过拔萝卜的游戏，那是要一群小朋友化装成动物，齐心合力才能完成的"事业"。现代人常常陷在压力的泥沼中，难以享受生活的美好。把自己从压力中拔出来，也是一个系统工程。

　　压力本是一个物理词汇，比如气压、水压、风压……推广开来，医学上有血压、脑压、颅内压等等，多属于专业名词，不料如今风云突变，压力成了高频词。生活有压力，经济有压力，学业有压力，晋升有压力，人际关系有压力，情感世界有压力，婚姻也有压力……人们的交谈中，无不涉及林林总总的压力。压力像汽油桶被打翻，弥散到现代人生活的各个领域，散发着浓烈的气味，我们躲不胜躲，防不胜防，不定在哪个瞬间，就燃起火焰。

　　其实适当的压力，是保持活性的重要条件。如果空气没有了压力，我们的呼吸就会衰竭。如果血液没有了压力，我们的四肢就会瘫痪。如果水管子没有了压力，那结果之伤感是任何一个住在高层楼房的人士都噤若寒蝉的，你将失去可饮可用的清洁之水。20世纪的石油英雄王铁人也说过"井无压力不出油，人无压力不进步"。

只是这压力需适度。比如冬日里柔柔的阳光照在身上，这是一种轻松的压力，让我们温暖和振奋。设想这压力增加十倍，那基本上就成了吐鲁番酷热的夏季，大伙只有躲到地窖里才能过活。假如这压力继续增加，到了百倍千倍的强度，结果就是焦炭一堆了。

现代人常常陷于压力构建的如焚困境之中。也许是某一方面的压力过强，也许是许多方面的压力综合在一起。如是后者，单独某一方面的压力尚可容忍，但积少成多、日积月累，细微的压力堆积起来，就成了如山的重负。金属都有疲劳的时候，遑论血肉之躯？如不减压，真怕有一天成了齑粉。

如果你因压力忙到无力自拔，忙到昏天黑地，忘记了自己的生日和家人的聚会，忘掉了自己如此辛辛苦苦究竟是为了什么，如果你想改变，就试着了解压力吧。寻找压力的种种成因，为扑朔迷离捉摸不定的压力画像，澄清了我们对压力的模糊和迷惘之处，让折磨我们的压力毒蛇从林莽之中现形，让我们对压力的全貌和运转的轨迹，有较为详尽的了解。中国的兵法上有句古话，叫作"知己知彼，百战不殆"，当你认识到了你所承受的压力的强度和种类，在某种程度上我们就已经钉住了压力的七寸。

明白了压力的起承转合，找到了适合自己的减压方式之后，你的呼吸就会轻松一点，胸中的块垒也会松动出些微的空隙。坚持下去，持之以恒，你就会一寸寸地脱离沉重压力的吸附，把自己成功地拔了出来。也许在某一个清晨醒来的时候，你突围而出，像蝴蝶一样飞舞。

每天都冒一点险

○ 挑战"不可能",一切皆有可能。

"衰老很重要的标志,就是求稳怕变。所以,你想保持年轻吗?你希望自己有活力吗?你期待着清晨能在新生活的憧憬中醒来吗?有一个好办法——每天都冒一点险。"

以上这段话,见于一本国外的心理学小册子。像给某种青春大力丸做广告。本待一笑了之,但结尾的那句话吸引了我——每天都冒一点险。

"险"有灾难狠毒之意。如果把它比成一种处境一种状态,你说是现代人碰到它的时候多呢,还是古代甚至原始时代碰到的多呢?粗粗一想,好像是古代多吧。茹毛饮血刀耕火种时,危机四伏。细一想,不一定。那时的险多属自然灾害,虽然凶残,但比较单纯。现代了,天然险这种东西,也跟热带雨林似的,快速稀少,人工险增多,险种也丰富多了。

以前可能被老虎毒蛇害掉,如今是被坠机、车祸、失业、污染所伤。以前是躲避危险,现代人多了越是艰险越向前的嗜好。住在城市里,反倒因为无险可冒而焦虑不安。一些商家,就制出"险"来售卖,明码标价,比如"蹦极"这事,实在挺惊险的,要花不少钱,算高消费了。且不是人人享用得了的,像我等体重超标,一旦那绳索不够结实,就不是冒一点险,而是从此再也用不着冒险了。

穷人的险多呢还是富人的险多?粗一想,肯定是穷人的险多,爬高上低烟熏火燎的,恶劣的工作多是穷人在操作。但富人钱多了,去买险来冒,比如投资或是赌博,输了跳楼饮弹,也扩大了风险的范畴。就不好说谁的险更多一些了。看来,险可以分大小,却是不宜分穷富的。

险是不是可以分好坏呢?什么是好的冒险呢?带来客观的利益吗?对人类的发展有潜在的好处吗?坏的冒险又是什么呢?损人利己夺命天涯?嗨!说远了。我等凡人,还是回归到普通的日常小险上来吧。

每天都冒一点险,让人不由自主地兴奋和跃跃欲试,有一种新鲜的挑战性。我给自己立下的冒险范畴是:以前没干过的事,试一试。当然了,以不犯错为前提。以前没吃过的东西尝一尝,条件是不能太贵,且非国家保护动物(有点自作多情。不出大价钱,吃到的定是平常物)。

可惜因眼下在北师大读书,冒险的半径范围较有限。清晨等车时,悲哀地想到,"险"像金戒指,招摇而糜费。比如到西藏,可算是大众认可的冒险之举,走一趟,费用可观。又一想,早年我去那儿,一文没花,还给每月6元的津贴,因是女兵,还外加7

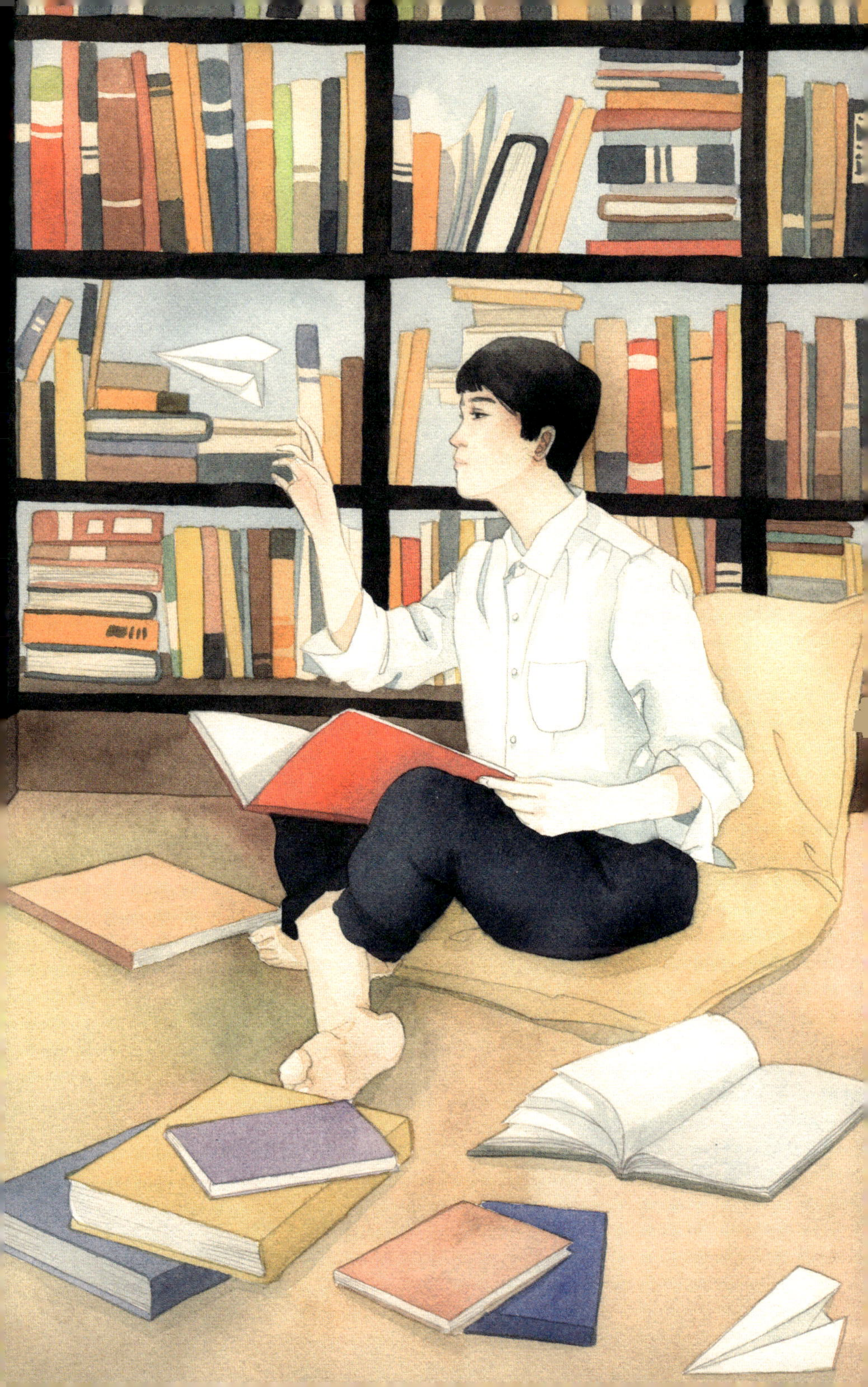

明白了压力的起承转合，找到了适合自己的减压方式之后，你的呼吸就会轻松一点，胸中的块垒也会松动出些微的空隙。
　　坚持下去，持之以恒，自己把自己拔出来！

角5分钱的卫生费。真是占了大便宜。

车来了。在车门下挤得东倒西歪之时,突然想起另一路公共汽车,也可转乘到校,只是我从来不曾试过这种走法,今天就冒一次险吧。于是扭身退出,放弃这路车,换了一趟新路线。七绕八拐,挤得更甚,费时更多,气喘吁吁地在差一分钟就迟到的当儿,撞进了教室。

不悔。改变让我有了口渴般的紧迫感。一路连颠带跑的,心跳增速,碰了人不停地说对不起,嘴巴也多张合了若干次。

今天的冒险任务算是完成了。变换上学的路线,是一种物美价廉的冒险方式,但我决定仅用这一次,原因是无趣。

第二天冒险生涯的尝试是在饭桌上。平常三五同学合伙吃午饭,AA制,各点一菜,盘子们汇聚一堂,其乐融融。我通常点鱼香肉丝辣子鸡丁类,被同学们讥为"全中国的乡镇干部都是这种吃法"。这天凭着巧舌如簧的菜单,要了一盘"柳芽迎春",端上来一看,是柳树叶炒鸡蛋。叶脉宽得如同观音净瓶里洒水的树枝,还叫柳芽,真够谦虚了。好在碟中绿黄杂糅,略带苦气,味道尚好。

第三天的冒险颇费思索。最后决定穿一件宝石蓝色的连衣裙去上课。要说这算什么冒险啊,也不是樱桃红或是帝王黄色,蓝色老少咸宜,有什么穿不出去的?怕的是这连衣裙有一条黑色的领带,好似起锚的水兵。

衣服是朋友所送，始终不敢穿的症结正因领带。它是活扣，可以解下。为了实践冒险计划，铆足了勇气，我打着领带去远航。浑身的不自在啊，好像满街筒子的人都在议论。仿佛在说：这位大妈是不是有毛病啊，把礼仪小姐的职业装穿出来了？极想躲进路边公厕，一把揪下领带，然后气定神闲地走出来。为了自己的冒险计划，咬着牙坚持了下来，走进教室的时候，同学友好地喝彩，老师说，哦，毕淑敏，这是我自认识你以来，你穿的最美丽的一件衣裳。

三天过后，检点冒险生涯，感觉自己的胆子比以往大了点。有很多的束缚，不在他人手里，而在自己心中。别人看来微不足道的一件事，在本人，也许已构成了茧鞘般的裹胁。突破是一个过程，首先经历心智的拘禁，继之是行动的惶惑，最后是成功的喜悦。

第三章

微凉世界,安暖相依

蚕是被自己的丝裹住的

○ 放下心防，拥抱世界。

蚕是被自己的丝裹住的，这是一个真理。每一个养过蚕的人和没有养过蚕的人，都知道这件事。蚕丝是一寸一寸吐出来的，在吐的时候，蚕昂着头，很快乐专注的样子。蚕并没有意识到，正是自己的努力劳动，才将自己的身体束缚得紧紧的。直到被人一股脑儿地丢进开水锅里，煮死，然后那些美丽的丝，成了没有生命的嫁衣。

这是蚕的悲剧。当我们说到悲剧的时候，不由自主地持了一种观望的态度。也许，是"剧"这个词，将我们引入歧途，以为他人是演员，而我们只是包厢里遥远的安全的看客。我想说的是，其实作茧自缚的情况，绝不如想象的那样罕见，它们广泛地存在于我们周围，空气中到处都是纷飞的乱丝。

钱的丝飞舞着。很多人在选择以钱为生命指标的时候，看到的是钱所带来的便利和荣耀的光环。钱是单纯的，但攫取钱的手段却不是那样单纯。把一样物品作为自己奋斗的目标，它的危险，不在于这桩物品的本身，而在于你是怎样获取它并消费它。或许可以说，收入钱的能力还比较容易掌握，支出它的能力则和人的综合素质有极大的关系。在这个意义上讲，有些人是不配享有大量的金钱的。如同一个头脑不健全的人，如果碰巧有了很大的蛮力，那么，无论是对于他本人还是对于他人，都不是一件幸事。在一个社会财富和个人财富飞速增长的时代，钱是温柔绚丽的，钱也是飘浮迷茫的，钱的乱丝令没有能力驾驭它的人窒息，直至被它绞杀。

爱的丝也如四月的柳絮一般飞舞着，迷乱着我们的眼，雪一般覆盖着视线。这句话严格说起来，是有语病的。真正的爱，不是诱惑，是温暖。只会使我们更勇敢和智慧，但的确有很多人被爱包围着，时有狂躁。那就是爱得没有节制了。没有节制的爱，如同没有节制的水和火一样，甚至包括氧气，同样是灾难性的。

水火无情，大家都是知道的。但是谈到氧气，那是一种多么好的东西啊。围棋高手下棋的时候，吸氧之后，妙招迭出，让人疑心气袋之中是否藏有古今棋谱？记得我学习医科的时候，教授讲过这样一个故事。一名新护士值班，看到衰竭的病人呼吸十分困难，用目光无声地哀求她——请把氧气瓶的流量开得大些。出于对病人的悲悯，加上新护士特有的胆大，当然，还有时值夜半，医生已然休息。几种情形叠加在一起，于是她想，对病人有好处的事，想来医生也该同意的，就在不曾请示医生的情况下，私自把氧气流量表拧大。气体通过液化瓶，汩汩地流出，病人顿感舒服，眼中满是感激的神色，护士就放心地离开了。那夜，不巧来了其他的重病人。当护士忙完之后,捋着一头的汗水再一次巡视病房的时候,发现那位衰竭的病人,已然死亡。究其原因,关键的杀手竟是——氧气中毒。高浓度的氧气抑制了病人的呼吸中枢,让他在安然的享受中丧失了自主呼吸的能力,悄无声息地逝去了……

很可怕,是不是?丧失节制,就是如此恐怖的魔杖。它会令优美变成狰狞,使怜爱演为杀机。

谈到爱的缠裹带给我们的灾难,更是俯拾即是。只要你放眼观察,定会发现很多。多少人为爱所累,沉迷其中,深受其苦。在所有的蚕丝里面,我以为爱的丝,可能是最无形而又最柔韧的一种。挣脱它,也需要最高的能力和技巧。这当中的奥秘,须每一个人细细揣摩练习。

还有工作的丝,友情的丝,陋习的丝,嗜好的丝……或松或紧地包绕着我们,令我们在习惯的窠臼当中难以自拔。

逢到这种时候,我们常常表现得很无奈很无助,甚至还有一点点敝帚自珍的狡辩。常常可以听到有人说,我也知道自己的毛病,也不是不想改,可就是改不掉。我就是这样一个人了……当他说完这些话的时候,就好像对自己和对众人都有了一个交代,然后脸上就显出安坦无辜的样子,仿佛合上了牛皮纸封面的卷宗。

每当这种时候,我在悲哀的同时,也升起怒火。你明知你的茧是你自己吐的丝凝成的,你挣扎在茧中,想突围而出。你遇到了困难,这是一种必然。但你却为自己找了种种的借口,你向你的丝退却了。你一面吃力地咬断包围你的丝,一面更汹涌地吐出你的丝,你是一个作茧自缚的高手,你比推石头的西西弗斯还惨。他的石头只是滚下又滚下,起码并没有变得更大更沉重。你的丝却在这种突围和分泌的交替中,汲取了你的气力,蚕食了你的信心,它令你变得越来越不喜爱自己,退缩着,在茧中藏得更深更严密更闭锁更干瘪了。

我们每个人都有一些茧。这些茧缚在我们的身上,吸取着我们的热量,让我们寒冷,令前进的速度受限。撕碎这茧,没有外力和机械可供支援,只有靠自己的心和爪。

茧破裂的时候,是痛苦的。茧是我们亲手营造的小世界。茧的空间虽是狭窄的,也是相对安全的。甚至一些不良的嗜好,当我们沉浸其中的时候,感受到的也是习惯成自然的熟络。打破了茧的蚕,被鲜冷的空气,闪亮的阳光,新锐的声音,陌生的场景……刺激着,扰动着,紧张的挑战接踵而来。这种时刻的不安,极易诱发退缩。但它是正常和难以避免的,是有益和富于建设性的。你会在这种变化当中,感受到生命充满爆发的张力,你知道你活着痛着并且成长着。

有很多人终身困顿在他们自己的茧里。这是他自己的选择,当生命结束的时候,他们也许会恍然发觉,世界只是一个茧,而自己未曾真正地生活过。

让我们彼此善解人意

○ 你的"人意"我要能解，我的"人意"请你也要能解。

善解人意通常是一个优点，但太过善解人意就成了缺点。你无法发现自己的真正想法，它刚一冒头，就淹没在他人意愿的滔天洪水之中了。善解人意的表达在有些时候就变成了"讨好"。

在人们的印象里，善解人意是个褒义词，尤其是贤惠女子的必备条件。君不见征婚启事中，众多的男人都要求将来成为妻子的女人要善解人意。这其实是半句话，下半句话是什么呢？就是你既然懂得了我的意思，就请照我的意思去执行吧。

他们为什么不把下半句话也明明白白地说出来呢？因为理论上大家都是平等的，不好意思说"将来在家里，要以我的意见为主"这样独裁霸道的话，就偷梁换柱改换成了这种看似美德实际上是不平等条约的要求。

如若不信，那么我们换一种说法。如果我们夸赞哪个男生最出众的品质是"善解人意"，恐怕人们会嗤之以鼻，觉得这个人是不是女里女气的没点男子汉的气概啊。

这就是"善解人意"的苦涩的内核。

所以，如果说这世界上真有"善解人意"的优点，你首先要善解自己的意思。不要牺牲了自我，去成全别人的意思。你的"人意"我要能解，我的"人意"请你也要能解，大家彼此都善解人意，游戏才可以长久地玩下去。

看着别人的眼睛

○ 让我们做一个襟怀坦荡、心灵像水晶般透明的人。

很小的时候，如果我有了过失，说了谎话，又不愿承认的时候，妈妈就会说："看着我的眼睛。"如果我襟怀坦荡，我就敢看着她的眼睛，否则就只有羞愧地低头。

从此，我面对别人的时候，总是看着他的眼睛。

当我失败的时候，看着亲人的眼睛，我无地自容。悲伤会使我的眼睛蒙满泪水，却不会使我闭上眼睛。看着批评我的目光，我会激起正视缺点的勇气与信念。我会仔细回顾我走过的路，看看自己是怎样跌倒的，今后要避开同样的危险。

当我受到表扬的时候，我也快乐地注视着别人的眼睛。我不喜欢假装谦虚把睫毛深深地垂下，一个人回到僻静处悄悄地乐。我愿意把心中的喜悦像满桶的水一样溢出来，让我的朋友们分享。在我的亲人、我的朋友的眼睛里，我读出他们的快活和对我更高的希冀。

当我面对陌生人的时候，我会格外注视他的眼睛。假如他的目光坦诚而友好，我会向他伸出我的手；假如他的目光犹疑而彷徨，我断定他是一个没有主见的人，不能成为朋友；假如他的目光躲闪而阴暗，我会退避三舍，在心里敲起警钟；假如他的目光孤苦无告，我愿意提供力所能及的帮助。

当我面对熟人的时候，我会观察他的眼睛有没有变化。他们的眼睛会随着思绪的喜怒哀乐变换颜色，作为朋友，我愿与他们分担。假如他们悲哀，我愿为他们宽心：假如他们喜悦，我愿与他们分享；假如他们焦虑，我愿出谋划策，假如他们忧郁，我愿陪着他们沿着静静的小河走很远很远。当我独自一人面对镜子的时候，我严格地审视自己的眼睛。它是否还保持着童年的纯真与善良？它是否还凝聚着少年的敏锐与蓬勃？它在历尽沧桑以后，是否还向往人世间的真善美？面对今后岁月的风霜雨雪，它是否依旧满怀勇气与希望？

当我刚刚开始学习注视别人的眼睛的时候，心中很有些不安。我觉得自己是个小小的孩童，我怎么敢看着别人的眼睛？那不是太不尊敬人了吗？我对妈妈讲了我的顾虑，她笑了，说，那你明天试着看看老师的眼睛。

第二天，在课堂上，我开始注视着老师的眼睛。好怪啊，老师好像专门给我一个人讲课似的。我的思考紧紧地跟随老师的讲解，在知识的密林里寻觅。当讲到重要的地方，我看到老师的眼睛里冒出精彩的火花，我知道自己一定要记住它；当老师的眼光像湖水一样平静的时候，我知道这只需要一般掌握；当我在读老师眼睛的时候，老师也在读我的眼睛。假如我显现出迷惘与困惑，老师就会停顿他讲解的步伐，在原地连兜几个圈子，直到我的目光重又明亮如洗；假如我调皮地向他眨眨眼睛，他会知道我已心领神会，可以继续向下讲了。

我这才知道，眼睛对眼睛，是可以说话的。随着年龄的增长，我明白了注视着别人的眼睛，是一种郑重，是一种尊敬，是一种信任，是一种坦诚。

注视着别人的眼睛，也给自己提出了更高的要求。

当我注视着别人的眼睛说谢谢你的时候，我必须从内心发出真诚。

当我注视着别人的眼睛说对不起的时候，我必须传递由衷的歉意。

当我注视着别人的眼睛说我能把这件事做好，我一定要有下一个必胜的信心。

当我注视着别人的眼睛说请相信我，我觉得自己陡然间增长了才干和胆魄。

医学家证明，人在说谎的时候，无论他多么历练老辣，他的眼睛都会泄露他的秘密。他的瞳孔会放大，他的视线会游移，眼睑也会不由自主地下垂。

为了我们能够勇敢地注视别人的眼睛并不怕被别人所注视，让我们做一个襟怀坦荡、心灵像水晶般透明的人。

友情，这棵树上只有一个果子，叫做信任

○ 人生一世，消失的是岁月，收获的是朋友。

现代人的友谊，很坚固又很脆弱。它是人间的宝藏，需我们珍爱。友谊的不可传递性，决定了它是一部孤本的书。我们可以和不同的人有不同的友谊，但我们不会和同一个人有不同的友谊。友谊是一条越掘越深的巷道，没有回头路可以走的，刻骨铭心的友谊也如仇恨一样，没齿难忘。

友情这棵树上只结一个果子，叫做信任。红苹果只留给灌溉果树的人品尝。别的人摘下来尝一口，很可能酸倒了牙。

友谊之链不可继承，不可转让，不可贴上封条保存起来而不腐烂，不可冷冻在冰箱里永远新鲜。

友谊需要滋养。有的人用钱，有的人用汗，还有的人用血。友谊是很贪婪的，绝不会满足于餐风饮露。友谊是最简朴同时也是最奢侈的营养，需要用时间去灌溉。友谊必须述说，友谊必须倾听，友谊必须交谈的时刻双目凝视，友谊必须倾听的时分全神贯注。友谊有的时候是那样脆弱，一句不经意的言辞，就会使大厦顷刻倒塌。友谊有的时候是那样容易变质，一个未经证实的传言，就会让整盆牛奶变酸。这个世界日新月异。在什么都是越现代越好的年代里，

唯有友谊，人们保持着古老的准则。朋友就像文物，越老越珍贵。

礼物分两种，一种是实用的，一种是象征性的。

我喜欢送实用的礼物。不单是因为它可为朋友提供立等可取的服务功能，更因为我的利己考虑。

此刻我们是朋友，十年以后不一定是朋友。

就算你耿耿忠心，对方也许早已淡忘。

速朽的礼物，既表达了我此时此刻的善意，又给予朋友可果腹可悦目可哈哈一笑或是凝神端详的价值，虽是一次性的，也留下美好的瞬间，我心足矣。象征久远意义的礼物，若是人家不珍惜这份友谊了，留着就是尴尬。或丢或毁，都是物件的悲哀，我的心在远处也会颤抖。

若是给自己的礼物，还是具有象征意义的好。比如一块石子一片树叶，在别人眼里那样普通，其中的美妙含义只有自己知晓。

电话簿是一个储存朋友的魔盒，假如我遇到困难，就要向他们发出求救信号。一种畏惧孤独的潜意识，像冬眠的虫子蛰伏在心灵的旮旯。人生一世，消失的是岁月，收获的是朋友。虽然我有时会几天不同任何朋友联络，但我知道自己牢牢地粘附于友谊网络之中。

利害关系这件事，实在是交友的大敌。我不相信有永久的利益，我更珍视患难与共的友谊。长留史册的，不是锱铢必较的利益，而是肝胆相照的情分，和朋友坦诚的交往，会使我们留存着对真情的敏感，会使我们的眼睛抹去云翳，心境重新开朗。

我的支持系统

○ 总有一些人，温暖了我们的人生。

那天我回到家中，面对着先生拿出一张白纸。然后我对他说，在纸的上面，请写下"我的支持系统"这几个字。在纸的左面，请写下"人物的称谓或姓名"，在纸的右面，请写下"与我的关系"。好了，开始吧，尽快。不假思索。你要知道，所有的心理测验都烦再三斟酌。

他笑眯眯地看着我说，你今天又学到了什么新知识，想在我这里做个试验？

我说，你猜得很准嘛。好吧，听我慢慢说个分明。

我们每个人都有一个支持系统，就像一个好汉三个帮、一个篱笆三个桩。比如说，柱子是宫殿的支持系统，双脚是身体的支持系统，绿叶是花朵的支持系统，桥墩是高架桥的支持系统……

一个人，在世界上行走，没有好的支持系统是不能持久的。它是我们闯荡江湖的根据地，它是我们长途跋涉的兵站。

当我们疲倦的时候，可以在那里的草丛栖息。

当我们忧郁的时候，可以在那里的小屋倾诉。

当我们受到委屈的时候，可以在那里的谅解中洒下一串泪珠。

当我们快乐的时候，可以在那里的相知中聊发少年之狂……

这种精神的疗养生息之地，你有多少储备？

先生是个缜密的人，他说，既然你已做完了这道测验，不妨把你的讲来听听。

我说，好啊。我告诉你。

我最先写下了我的母亲……

于是忆起那天的课堂。

静寂。这是心理测验常常出现的情形。人们在想。片刻之后，有人就刷刷地动起笔来。这种事情，一旦有人开了头，谁都顾不了谁了。同学们埋头去写，然后分成小组，描述自己的支持系统。基本上包括这样几类——家人、亲属、同学、师长……

有同学说：我飞快地检视了自己业已走过的人生，我为自己多年来储备下的丰厚资源而欣慰和思考。我对自己的今后更有把握和信心了。我的支持系统，从我幼年的朋友到最新的职业同事，他们涵盖了我的历程。好似风暴过后海滩上遗下的贝壳，那是经历了考验的生命的礼品。

有一位同学的支持系统是一片空白。他坦诚地说，我的支持系统就是没有一个人。我是自己支持自己，是思想支持着我。也许，这是因为"文革"中有人告密，使我不需要知心的人。

不管怎么说，我钦佩这位同学的坦率。很有些人在这种时候，不敢暴露自己，明明没有，但他随便填上几个名字，把自己凄凉的真实隐藏起来。但是,你要想一想,为什么自己的支持系统是空白呢?再有,如果有的同学全部填写的是家庭成员,那也是不够完备的。如果一个中学生,他的支持系统也都是同龄人,那么,很容易出现瞎子领瞎子的情况,要引起辅导员的高度注意。支持系统的性别单一化,也是不理想的。理想的支持系统应该是两性都有。

谁是你的重要他人

○ 有些人闯进我们的生命中，教会我们成长和成熟。

"重要他人"是一个心理学名词，意思是在一个人心理和人格形成的过程中，起过巨大的影响甚至是决定性作用的人物。

"重要他人"可能是我们的父母长辈，或者是兄弟姐妹，也可能是我们的老师，抑或萍水相逢的路人。童年的记忆遵循着非常玄妙神秘的规律，你着意要记住的事情和人物，很可能湮没在岁月的灰烬中，但某些特定的人和事，却挥之不去，影响我们的一生。如果你不把它们寻找出来，并加以重新的认识和把握，它就可能像一道符咒，在下意识的海洋中潜伏着，影响潮流和季风的走向。你的某些性格和反应模式，由于"重要他人"的影响，而被打上了深深的烙印。

这段话有点拗口，还是讲个故事吧。故事的主人公是我和我的"重要他人"。

她是我的音乐老师，那时很年轻，梳着长长的大辫子，有两个漏斗一样深的酒窝，笑起来十分清丽。当然，她生气的时候酒窝隐没，脸绷得像一块苏打饼干，木板样干燥，很是严厉。那时我大约十一岁，个子长得很高，是大队委员，也算个孩子里的小官，有很强的自尊心和虚荣心了。

学校组织"红五月"歌咏比赛，要到中心小学参赛，校长很重视，希望歌咏队能拿好名次，为校争光。最被看好的是男女小合唱，音乐老师亲任指挥，每天下午集中合唱队的同学们刻苦练习。我很荣幸被选中，每天放学后，在同学们羡慕的眼光中，走到音乐教室，引吭高歌。

有一天练歌的时候，长辫子的音乐老师，突然把指挥棒一丢，一个箭步从台上跳下来，东瞄西看。大家不知所以，齐刷刷闭了嘴。她不耐烦地说，都看着我干什么？唱！该唱什么唱什么，大声唱！说完，她侧着耳朵，走到队伍里，歪着脖子听我们唱歌。大家一看老师这么重视，唱得就格外起劲。

长辫子老师铁青着脸转了一圈儿，最后走到我面前，做了一个斩钉截铁的手势，整个队伍瞬间安静下来。她叉着腰，一字一顿地说，毕淑敏，我在指挥台上总听到一个人跑调儿，不知是谁。我走下来一个人一个人地听，总算找出来了，原来就是你！一颗老鼠屎坏了一锅汤！现在，我把你除名了！

我木木地站在那里，无法接受这突如其来的打击。刚才老师在我身旁停留得格外久，我还以为她欣赏我的歌喉，分外起劲，不想却被抓了个"现行"。我灰溜溜地挪出了队伍，羞愧难当地走出教室。

那时的我，基本上还算是一个没心没肺的女生，既然被罚下场,就自认倒霉吧。我一个人跑到操场,找了个篮球练起来,给自己宽心道,嗨,不要我唱歌就算了,反正我以后也不打算当女高音歌唱家。还不如练练球,出一身臭汗,自己闹个筋骨舒坦呢!(嗨!小小年纪,已经学会了中国小老百姓传统的精神胜利法)这样想着,幼稚而好胜的心也就渐渐平和下来。

三天后,我正在操场上练球,小合唱队的一个女生气喘吁吁跑来说,毕淑敏,原来你在这里!音乐老师到处找你呢!

我奇怪地说,找我干什么?

那女生说,好像要让你重新回队里练歌呢!

我挺纳闷,不是说我走调厉害,不要我了吗?怎么老师又改变主意了?对了,一定是老师思来想去,觉得毕淑敏还可用。从操场到音乐教室那几分钟路程,我内心充满了幸福和憧憬,好像一个被发配的清官又被皇帝从边关召回来委以重任,要高呼"老师圣明"了(正是瞎翻小说,胡乱联想的年纪)。走到音乐教室,我看到的是挂着冰霜的苏打饼干。长辫子老师不耐烦地说,毕淑敏,你小小年纪,怎么就长了这么高的个子?!

我听出话中的谴责之意,不由自主就弓了脖子塌了腰。从此这个姿势贯穿了我整个少年和青年时代,总是略显驼背。

老师的怒气显然还没发泄完,她说,你个子这么高,唱歌的时候得站在队列中间,你跑调走了,我还得让另外一个男生也下去,声部才平衡。人家招谁惹谁了?全叫你连累的,上不了场!

我深深低下了头，本来以为只是自己的事，此刻才知道还把一个无辜者拉下水，实在无地自容。长辫子老师继续数落，小合唱本来就没有几个人，队伍一下子短了半截，这还怎么唱？现找这么高个子的女生，合上大家的节奏，哪那么容易？现在，只剩下最后一个法子了……

　　老师看着我，我也抬起头，重燃希望。我猜到了老师下一步的策略，即便她再不愿意，也会收我归队。我当即下决心要把跑了的调扳回来，做一个合格的小合唱队员！

　　我眼巴巴地看着长辫子老师，队员们也围了过来，在一起练了很长时间的歌，彼此都有了感情。我这个大嗓门儿走了，那个男生也走了，音色轻弱了不少，大家也都欢迎我们归来。

　　长辫子老师站起来，脸绷得好似新纳好的鞋底。她说，毕淑敏，你听好，你人可以回到队伍里，但要记住，从现在开始，你只能干张嘴，绝不可以发出任何声音！说完，她还害怕我领会不到位，伸出颀长的食指，笔直地挡在我的嘴唇间。

　　我好半天才明白了长辫子老师的禁令，让我做一个只张嘴不出声的木头人。泪水憋在眼眶里打转，却不敢流出来。我没有勇气对长辫子老师说，如果做傀儡，我就退出小合唱队。在无言的委屈中，我默默地站到了队伍之中，从此随着器乐的节奏，口型翕动，却不得发出任何声音。长辫子老师还是不放心，只要一听到不和谐音，锥子般的目光第一个就刺到我身上……

小合唱在"红五月"歌咏比赛中拿了很好的名次,只是我从此遗下再不能唱歌的毛病。毕业的时候,音乐考试是每个学生唱一支歌,但我根本发不出自己的声音。音乐老师已经换人,并不知道这段往事,她很奇怪,说,毕淑敏,我听你讲话,嗓子一点毛病也没有,怎么就不能唱歌呢?如果你坚持不唱歌,你这一门没有分数,你不能毕业。

我含着泪说,我知道。老师,不是我不想唱,是我真的唱不出来。老师看我着急成那样,料我不是成心捣乱,只得特地出了一张有关乐理的卷子给我,我全答对了,才算有了这门课的分数。

后来,我报考北京外语学院附中,口试的时候,又有一条考唱歌。我非常决绝地对主考官说,我不会唱歌。那位学究气的老先生很奇怪,问,你连《学习雷锋好榜样》也不会?那时候,全中国的人都会唱这首歌,我要是连这也不会,简直就是白痴。但我依然很肯定地对他说,我不唱。主考官说,我看你胳膊上戴着三道杠,是个学生干部。你怎么能不会唱?当时我心里想,我豁出去不考这所学校了,说什么也不唱。我说,我可以把这首歌词默写出来,如果一定要测验我,就请把纸笔找来。那老人居然真的去找纸笔了……我抱定了被淘汰出局的决心,拖延时间不肯唱歌,和那群严谨的考官们周旋争执,弄得他们束手无策。没想到发榜时,他们还是录取了我。也许是我一通胡搅蛮缠,使考官们觉得这孩子没准以后是个谈判的人才吧。入学之后,我迫不及待地问同学们，你们都唱歌了吗？大家都说，唱了啊，这有什么难的。我可能是那一年北外附中录取新生中唯一没有唱歌的孩子。

在那以后几十年的岁月中，长辫子老师那竖起的食指，如同一道符咒，锁住了我的咽喉。禁令铺张蔓延，到了凡是需要用嗓子的时候，我就忐忑不安，逃避退缩。我不单再也没有唱过歌，就连当众发言演讲和出席会议做必要的发言，都会在内心深处引发剧烈的恐慌。我能躲则躲，找出种种理由推脱搪塞。有时在会场上，眼看要轮到自己发言了，我会找借口上洗手间溜出去，招致怎样的后果和眼光，也完全顾不上了。有人以为这是我的倨傲和轻慢，甚至是失礼，只有我自己才知道，是内心深处不可言喻的恐惧和哀痛在作祟。

直到有一天，我在做"谁是你的重要他人"这个游戏时，写下了一系列对我有重要影响的人物之后，脑海中不由自主地浮现出了长辫子音乐老师那有着美丽的酒窝却像铁板一样森严的面颊，一阵战栗滚过心头。于是我知道了，她是我的"重要他人"。虽然我已忘却了她的名字，虽然今天的我以一个成人的智力，已能明白她当时的用意和苦衷，但我无法抹去她在一个少年心中留下的惨痛记忆。烙红的伤痕直到数十年后依然冒着焦煳的青烟。

弗洛伊德精神分析学派认为，即使在那些被精心照料的儿童那里，也会留下心灵的创伤。因为儿童智力发展的规律，当他们幼小的时候，不能够完全明辨所有的事情，以为那都是自己的错。

说到这里,我猜聪明的你,已经明了了这个游戏的做法。

请在一张白纸上,写下"XXX 的重要他人",这个"XXX"当然就是你的名字。

然后,另起一行,依次写下"重要他人"的名字和他们入选的原因,这个游戏就完成了。

步骤只有一、二,它所惊扰的断层却常常引发剧烈的地震。

孩子的成长,首先是从父母的瞳孔中确认自己的存在。他们稚弱,还没有独立认识世界的能力。如同发育时期的钙和鱼肝油会进入骨骼一样,"重要他人"的影子也会进入儿童的心理年轮。"重要他人"说过的话,做过的事,他们的喜怒哀乐和行为方式,会以一种近乎魔法的力量,种植在我们心灵最隐秘的地方,生根发芽。

在我们身上,一定会有"重要他人"的影子。

美国有一位著名的电视主持人,叫做奥普拉·温弗瑞。2003年,她登上了《福布斯》身家超过十亿美元的"富豪排行榜",成为黑人女性获得巨大成功的代表。

父母没有结婚就生下了她,从小住的房子连水管都没有。一天,温弗瑞正躲在屋角读书,母亲从外面走进来,一把夺下她手中的书,破口大骂道,你这个没用的书呆子,把你的屁股挪到外面去!你真的以为你有什么了不起?你这个白痴!

温弗瑞九岁就被表兄强奸,十四岁怀了身孕,孩子出生后就死了。温弗瑞自暴自弃，开始吸毒，然后又暴饮暴食，吃成了一个大胖子，还曾试图自杀。那时，没有人对她抱有希望，包括她自己。就在这时，她的生父对她说：

"有些人使事情发生，有些人看着事情发生，有些人连发生了什么都不知道。"

极度空虚的温弗瑞开始挣扎奋起，她想知道自己的生命中究竟有些什么样的事情会发生。她要顽强地去做"让事情发生的人"。大学毕业之后，她获得了一个电视台主持人的位置，1984年，她开始主持《芝加哥早晨》的节目，大获成功，在很短的时间里成为全美收视率最高的节目。她开始发动全国范围内的读书节目，她对书的狂热和她的影响力，改变了很多书的命运。只要她在自己的脱口秀节目里对哪本书给予好评，那本书的销量就会节节攀升。

温弗瑞成立了自己的公司，创办了畅销杂志，还参股网络公司。她乐善好施的名声和她的节目一样响亮。她每年把自己收入的百分之十用来做慈善捐助。这个温弗瑞亲手推动了太多的事情发生！她认为这主要来源于父亲的那一句话。

如果让温弗瑞写下她的"重要他人"，温弗瑞的父亲一定是重中之重。他不但给予了温弗瑞生命，而且给予了她灵魂。温弗瑞的母亲也算一个。她以精神暴力践踏了幼小的温弗瑞对书籍的热爱，潜藏的愤怒在蛰伏多年之后变成了不竭的动力，使成年以后的温弗瑞,以极大的热情投入到和书籍有关的创造性劳动之中,不但自己读了大量的书,还不遗余力地把好书推荐给更多的人。那个侮辱侵犯了温弗瑞的表哥,也要算作她的"重要他人",这直接导致了温弗瑞的巨大痛苦和放任自流,也在很多年后,主导了温弗瑞执掌财富之后,把大量的款项用于慈善事业,特别是援助儿童和黑人少女。

看,"重要他人"就是如此影响生活和命运。

美国通用电气公司的CEO杰克·韦尔奇,被誉为全球第一CEO。在短短二十年里,韦尔奇使通用电气的市值增加了三十多倍,达到了四千五百亿美元,排名从世界第十位升到了第二位。韦尔奇说,母亲给他的最伟大的礼物就是自信心。韦尔奇从小就口吃,就是平常所说的"结巴"。在大学读书的时候,每逢星期五,天主教徒是不准吃肉的,所以在学校的餐厅里,韦尔奇经常会点一份烤面包夹金枪鱼。奇怪的是,女服务员端上来的都是两份。为什么呢?因为韦尔奇结巴,总是把这份食谱的第一个单词重复一遍,服务员就听成了"两份金枪鱼"。

面对这样一个吭吭哧哧的孩子,韦尔奇的母亲居然找出了完美的理由。她对幼小的韦尔奇说:"这是因为你太聪明了,没有任何一个人的舌头,可以跟得上你这样聪明的脑袋。"

韦尔奇记住了母亲的这种说法,从未对自己的口吃有过丝毫的忧虑。他充分相信母亲的话,他的大脑比他的嘴转得更快。母亲引导着韦尔奇不断进取,直到他抵达辉煌的顶峰。母亲是韦尔奇的"重要他人"。

再讲一个苹果的故事。有一个苹果和一群孩子,也是人人都想得到大苹果。妈妈把苹果拿到手里,说,苹果只有一个,你们兄弟这么多,给谁呢?我把门前的草坪划成了三块,你们每人去修剪一块草坪。谁修剪得又快又好,谁就能得到这个大苹果。

众兄弟中的老大得到了红苹果。他从中悟出的生活哲理是——享受要靠辛勤的劳动换取。这个信念指导着他,直到他最后走进了白宫,成为著名的政治家。如果由他来写下自己的"重要他人",妈妈和红苹果也会赫然在目。

看了以上的例子,你是不是对"重要他人"的重要性有了进一步的认识?也许有的人会说,我儿时的记忆早已模糊,可不记得什么他人不他人的了。我现在的所作所为,都是我自己决定的,和其他人没关系。

这个说法有一定的道理,在我们的意识中,很多决定的确是经过仔细思考才做出的。但人是感情动物,情绪常常主导着我们的决定。而情绪是怎样产生的呢?这也和我们与"重要他人"的关系密切相关。

有一位著名的心理学家,叫做艾利斯,他认为,人的非理性信念会直接影响一个人的情绪,使他遭受困扰,导致人的很多痛苦。比如,有的人绝对需要获得周围环境的认可,特别是获得每一位"重要他人"的喜爱和赞许，其实这是不可能实现的事。有人就是笃信这个观念，把它奉作真理，千辛万苦，甚至委屈自己来取悦"重要他人"，以后还会扩展到取悦更多的人，甚至所有的人，以得其赞赏。结果呢，达不到目的不说，还令自己沮丧失望，受挫和被伤害。

传统脑神经学认为，每一种情绪都是经过大脑的分析才做出反应，但近年来，美国的神经科学家却找到了情绪神经传输的栈道。通过精确的研究，科学家们发现，有部分原始的信号，是直接从人的丘脑运动中枢，引起逃避或是冲动的反应，其速度极快，大脑的分析根本来不及介入。大脑里，有一处记忆情绪经验的地方，叫做杏仁核，它将我们过去遇见事情时的情绪、反应记录下来，好像一个忠实的档案保管员。在以后的岁月中，只要一发生类似事件，杏仁核就会越过大脑的理性分析，直接做出反应。

真是"成也萧何，败也萧何"。杏仁核这支快速反应部队，既帮助我们在危机时刻，成功地缩短应对时间，保全我们的利益，也会在某些时候形成固定的模式，贻误我们的大事。

杏仁核里储存的关于情绪应对的档案资料，不是一时一刻积存的。"重要他人"为什么会对我们产生那么重要的影响，我猜想关于"重要他人"的记忆，是杏仁核档案馆里使用最频繁的卷宗。往事如同拍摄过的底片，储存在暗室，一有适当的药液浸泡，它们就清晰地显影，如同刚刚发生一般，历历在目，相应的对策不经大脑筛选已经完成。

魔法可以被解除。那时你还小，你受了伤，那不是你的错。但你的伤口至今还在流血，你却要自己想法包扎。如果它还像下水道的出口一样嗖嗖地冒着污浊的气味，还对你的今天、明天继续发挥着强烈的影响，那是因为你仍在听之任之。童年的记忆无法改写，但对一个成年人来说，却可以循着"重要他人"这条缆绳，重新梳理我们和"重要他人"的关系，重新审视我们的规则和模式。如果它是合理的，就变成金色的风帆，成为理智的一部分。如果它是晦暗的荆棘，就用成年人有力的双手把它粉碎。这个过程不是一蹴而就，有时自己完成力不从心，或是吃力和痛苦，还需要借助专业人士的帮助，比如求助于心理咨询师。

也许有人会说，"重要他人"对我的影响是正面的，正因为心中有了他们的身影和鞭策，我才取得了今天的成绩。这个游戏，并不是要把"重要他人"像拔萝卜一样连根揪出来，然后与之决裂。对我们有正面激励作用的"重要他人"，已经成为我们精神结构的一部分。他们的期望和教诲已化成了我们的血脉，我们永远不会丢弃对他们的信任和仁爱。但我们不是活在"重要他人"的目光中，而是活在自己的努力中。无论那些经验和历史多么宝贵，对于我们来说，已是如烟往事。我们是为了自己而活着，并为自己负起全责。

经过处理的惨痛往事，已丧失实际意义上的控制魔力。长辫子老师那句"你不要发出声音"的指令,对今天的我来说,早已没有辖制之力。

就是在最饱含爱意的环境中长大的孩子,也会存有心理的创伤。寻找我们的"重要他人",就是抚平这创伤的温暖之手。

当我把这一切想清楚之后,好像有热风从脚底升起,我能清楚地感受到长久以来禁锢在我咽喉处的冰霜劈劈啪啪地裂开了,一个轻松畅快的我,从符咒之下解放了出来。从那一天开始,我可以唱歌了,也可以面对众人讲话而不胆战心惊了。从那一天开始,我宽恕了我的长辫子老师,并把这段经历讲给其他老师听,希望他们面对孩子稚弱的心灵,该是怎样的谨慎小心。童年时被烙下的负面情感,是难以简单地用时间的橡皮轻易地擦去。这就是心理治疗的必要所在。和谐的人格不是从天上掉下来的,而是和深刻的内省有关。

告诉缺水的人哪里有水源,告诉寒冷的人哪里有篝火,告诉生病的人哪里有药草,告诉饥饿的人哪里有野果,这些都是天下最好的礼物。

如果让我选出自己最喜欢的游戏,我很可能要把票投给"谁是你的重要他人"。感谢这个游戏,它在某种程度上修改了我的人生。人的创造和毁灭都是由自己完成的,人永远是自己的主人。即使当他在最虚弱最孤独的时候,他也是自己的主人。当他开始反省自己的状况,开始辛勤地寻找自己生命所依据的法则时,他就渐渐变得平静而快乐了。

爱的回音壁

○ 在爱中领略被爱，学会爱。

现今中年以下的夫妻，几乎都是一个孩子，关爱之心，大概达到了中国有史以来的最高值。家的感情像个苹果，姐妹兄弟多了，就会分成好几瓣。若是千亩一苗，孩子在父母的乾坤里，便独步天下了。

在前所未有的爱意中浸泡的孩子，是否物有所值，感到莫大的幸福？我好奇地问过。孩子们撇嘴说，不，没觉着谁爱我们。

我大惊，循循善诱道，你看，妈妈工作那么忙，还要给你洗衣做饭，爸爸在外面挣钱养家，多不容易！他们多么爱你们啊……

孩子很漠然地说，那算什么呀！谁让他们当爸爸妈妈呢？也不能白当啊，他们应该的。我以后做了爸爸妈妈也会这样。这难道就是爱吗？爱也太平常了！

我震住了。一个不懂得爱的孩子，就像不会呼吸的鱼，出了家庭的水箱，在干燥的社会上，他不爱人，也不自爱，必将焦渴而死。

可是，你怎样让由你一手哺育长大的孩子，懂得什么是爱呢？从他的眼睛接受第一缕光线时，已被无微不至的呵护包绕，早已对关照体贴熟视无睹。生物学上有一条规律，当某种物质过于浓烈时，感觉迅速迟钝麻痹。

如果把爱定位于关怀，随着孩子年龄的增长，对他的看顾渐次减少，孩子就会抱怨爱的衰减。"爱就是照料"这个简陋的命题，把许多成人和孩子一同领人误区。

寒霜陡降也能使人感悟幸福，比如父母离异或是早逝。但它灾变的副产品，带着天力人力难违的僵冷。孩子虽然在追忆中，明白了什么是被爱，那却是一间正常人家不愿走进的课堂。

孩子降生人间，原应一手承接爱的乳汁，一手播洒爱的甘霖，爱是一本收支平衡的账簿。可惜从一开始，成人就间不容发地倾注了所有爱的储备，劈头盖脑砸下，把孩子的一只手塞得太满。全是收入，没有支出，爱沉淀着，淤积着，从神奇化为腐朽，反让孩子成了无法感知爱意的精神残疾。

我又问一群孩子，那你们什么时候感到别人是爱你的呢？ 没指望得到像样的回答。一个成人都争执不休的问题，孩子能懂多少？比如你问一位热恋中的女人，何时感受被男友所爱？回答一定光怪陆离。 没想到孩子的答案晴朗坚定。

我帮妈妈买醋来着。她看我没打了瓶子，也没洒了醋，就说，闺女能帮妈干活了。我特高兴，从那会儿，我知道她是爱我的。翘翘辫女孩说。

我爸下班回来，我给他倒了一杯水，因为我刚在幼儿园里学

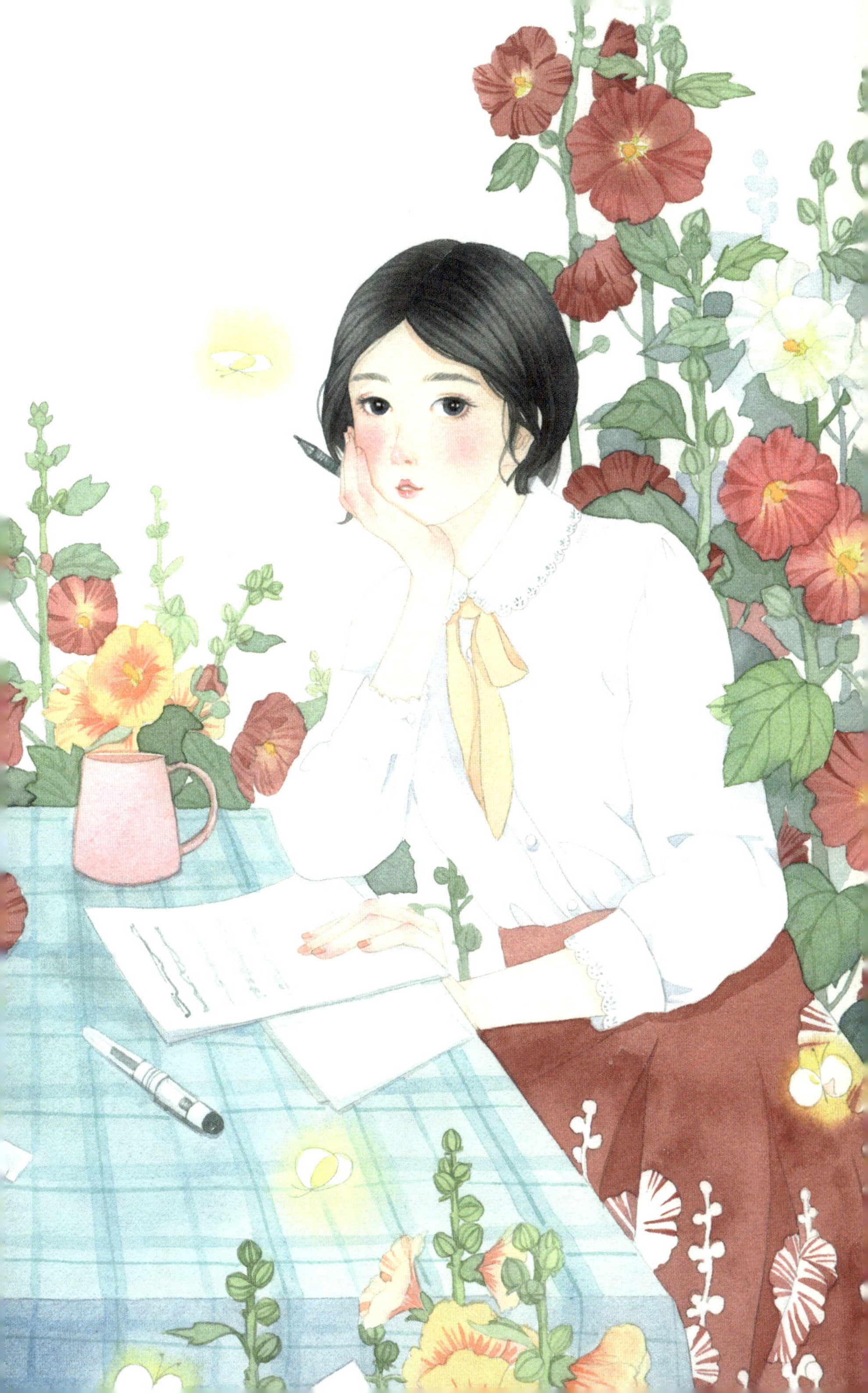

有些人把梦想变成了现实，有些人把现实变成了梦想。关键是，你的梦想是什么，你为你的梦想做了什么。

有梦想，就不会寂寞。当你寂寞的时候，只要招招手，你的梦想就飞到了你身边。

了一首歌,词里说的是给妈妈倒水,可我妈还没回来呢,我就先给我爸倒了。我爸只说了一句,好儿子……就流泪了。从那次起,我知道他是爱我的。光头小男孩说。

我给我奶奶耳朵上夹了一朵花,要是别人,她才不让呢,马上就得揪下来。可我插的,她一直戴着,见着人就说,看,这是我孙子打扮我呢……我知道她是爱我了。另一个女孩说。

我大大地惊异了。讶然这些事的碎小和孩子铁的逻辑。更感动他们谈论里的郑重神气和结论的斩钉截铁。爱与被爱高度简化了,统一了。孩子在被他人需要时,感到了一个幼小生命的意义。成人注视并强调了这种价值,他们就感悟到深深的爱意,在尝试给予的现时,他们懂得了什么是接受。爱是一面辽阔光滑的回音壁,微小的爱意反复回响着,折射着,变成巨大的轰鸣。当付出的爱被隆重接受并珍藏时,孩子终于强烈地感觉到了被爱的尊贵与神圣。

被太多的爱压得麻木,腾不出左手的孩子,只得用右手,完成给予和领悟爱的双重任务。

天下的父母,如果你爱孩子,一定让他从力所能及的时候,开始爱你和周围的人。这绝非成人的自私,而是为孩子一世着想的远见。不要抱怨孩子天生无爱,爱与被爱是铁杵成针百年树人的本领,就像走路一样,需反复练习,才会举步如飞。

如果把孩子在无边无际的爱里泡得口眼翻白,早早剥夺了他感知爱的能力，育出一个爱的低能儿，即使不算弥天大错，也是成人权力的滥施，或许在遭天谴的。

在爱中领略被爱，会有加倍的丰收。孩子渐渐长大，一个爱自己爱世界爱人类也爱自然的青年，便喷薄欲出了。

第四章

去留无意,宠辱不惊

流露你的真表情

○ 痛则大悲，喜则大笑，这是从心底流出的对世界的真情感。

痛则大悲，喜则大笑，这是从心底流出的对世界的真情感。

学医的时候，老师问过一道题目：人和动物，在解剖上的最大区别是什么？

当学生的，争先恐后地发言，都想由自己说出那个正确的答案。这看起来并不是个很难的问题。

有人说，是站立行走。先生说，不对。大猩猩也是可以站立的。

有人说，是懂得用火。先生不悦道，我问的是生理上的区别，并不是进化上的异同。

更有同学答，是劳动创造了人。先生说，你在社会学上也许可以得满分，但请听清我的问题。

满室寂然。

先生见我们混沌不悟，自答道，记住，是表情啊。地球上没有任何一种生物，有人类这样丰富的表情肌。比如笑吧，一只再聪明的狗，也是不会笑的。人类的近亲猴子，勉强算作会笑，但只能作出呲牙咧嘴一种状态。只有人类，才可以调动面部的所有肌群，调整出不同规格的笑容，比如微笑，比如嘲笑，比如冷笑，比如狂笑，以表达自身复杂的情感。

我在惊讶中记住了先生的话，以为是至理名言。

近些年来，我开始怀疑先生教了我一条谬误。

乘坐飞机，起飞之前，每次都有航空小姐为我们演示一遍空中遭遇紧急情形时，如何打开氧气面罩的操作。我乘坐飞机凡数十次，每一次都凝神细察，但从未看清过具体步骤。小姐满面笑容地屹立前舱，脸上很真诚，手上却很敷衍，好像在做一种太极功夫，点到为止，全然顾及不到这种急救措施对乘客是怎样的性命攸关。我分明看到了她们脸上悬挂的笑容和冷淡的心的分离，升起一种被愚弄的感觉。

我有一位相识许久的女友，原是个敢怒敢恨敢涕泪滂沱敢笑逐颜开的性情中人。几年不见，不知在哪里读了专为淑女规范言行的著作，同我谈话的时候，身子仄仄地欠着，双膝款款地屈着，嘴角勾勒成一个精致的角度。粗一看，你以为她时时在微笑，细一看，你就琢磨不透她的真表情，心里不禁有些毛起来。你若在背后叫她，她是不会立刻回了脸来看你，而是端端地将身体转了过来，从容地瞄着你。说是骤然地回头，会使脖子上的肌肤提前老起来。

她是那样吝啬地使用她的表情，虽然她给你一个温馨的外壳，却没有丝毫的热度溢出来。我看着她，不由得想起儿时戴的大头娃娃面具。

遇到过一位哭哭啼啼的饭店服务员,说她一切按店方的要求去办,不想却被客人责难。那客人匆忙之中丢失了公文包,要她帮助寻找。客人焦急地述说着,她耐心地倾听着,正思谋着如何帮忙,客人竟勃然大怒了,吼着说我急得火烧眉毛,你竟然还在笑!你是在嘲笑我吗?!

我那一刻绝没有笑。服务员指天咒地地对我说。

看她的眼神,我相信是真话。

那么,你当时做了怎样一个表情呢?我问。恍恍忽忽探到了一点头绪。

喏,我就是这样的……她侧过脸,把那刻的表情摹拟给我。

那是一个职业女性训练有素的程式化的面庞,眉梢扬着,嘴角翘着……

无论我多么地同情于她,我还是要说——这是一张空洞漠然的笑脸。

服务员的脸已经被长期的工作,塑造成她自己也不能控制的形状。

表情肌不再表达人类的感情了。或者说,它们只表达一种感情,这就是微笑。

我们的生活中曾经排斥微笑,关于那个时代,我们已经做了结论。于是我们呼吁微笑,引进微笑,培育微笑,微笑就泛滥起来。荧屏上著名和不著名的男女主持人无时无刻不在微笑,以至

第四章 | 去留无意，宠辱不惊

于使人不得不疑问——我们的生活中真有那么多值得微笑的事情吗？

微笑变得越来越商业化了。他对你微笑，并不表明他的善意，微笑只是金钱的等价物。他对你微笑，并不表明他的诚恳，微笑只是恶战的前奏。他对你微笑，并不说明他想帮助你，微笑只是一种谋略。他对你微笑，并不证明他对你的友谊，微笑只是麻痹你警惕的一重帐幕……

这样的事，见得太多之后，竟对微笑的本质怀疑起来。

亿万年的进化，我们的身体本身就成了一本书。

人的眉毛为什么要如此飞扬，轻松地直抵鬓角？那是因为此刻为鏖战的间隙，我们不必紧皱眉头思考，精神霍然舒展。

人的提上睑肌为什么要如此松弛，使眼裂缩小，眼神迷离，目光不再聚焦？那是因为面对朋友，可以放松警惕敞开心扉，懈怠自己紧张的神经，不必目光炯炯。

人的口角为什么上挑，不再抿成森然的一线？那是因为随时准备开启双唇，倾吐热情的话语，饮下甘甜的琼浆。

因为快乐和友情，从猿到人，演变出了美妙动人的微笑，这是人类无以伦比的财富。笑容像一只模型，把我们脸上的肌肉像羊群一般驯化了，让它们按照微笑的规则排列着，随时以备我们心情的调遣。

假若不是服从心情的安排，只是表情肌机械的动作，那无异噩梦中腿肚子的抽筋，除了遗留久久的酸痛，与快乐是毫无关联的。

记得小时候读过大文豪雨果的《笑面人》。一个苦孩子被施了刑法，脸被固定成狂笑的模样。他痛苦不堪，因为他的任何表情，都只能使脸上狂笑的表情更为惨烈。

无时无刻不在笑——这是一种刑法。它使笑——这种人类最美丽最优秀的表情，蜕化为一种酷刑。

现代自然是没有这种刑法了。但如果不表达自己的心愿，只是一味地微笑着，微笑像画皮一样粘附在我们的脸庞上，像破旧的门帘沉重地垂挂着，完全失掉了真诚善良的原始涵意，那岂不是人类进化的大退步，大哀痛！

人类的表情肌，除了表达笑容，还用以表达愤怒、悲哀、思索、惆怅以至绝望。它就像天空中的七色彩虹，相辅相成。所有的表情都是完整的人生所必须的，是生命的元素。

我们既然具备了流泪本能，哀伤的时候，就听凭那些满含盐分的浊水淌出体外。血管偾张，目眦俱裂，不论是为红颜还是为功名，未必不是人生的大境界。额头没有一丝皱纹的美人，只怕血管里流动的都是冰。表情是心情的档案啊，如果永远只是一页空白的笑容，谁还愿把最重要的记录留在上面？

当然，我绝不是主张人人横眉冷对。经过漫长的隧道，我们终于笑起来了，这是一个大进步。但笑也是分阶段，也是有层次的。空洞而浅薄的笑,如同盲目的恨和无缘无故的悲哀一样,都是情感的赝品。

有一句话叫做"笑比哭好",我常常怀疑它的确切。笑和哭都是人类的正常情绪反应,谁能说黛玉临终时的笑比哭好呢?

痛则大悲,喜则大笑,只要是从心底流出的对世界的真情感,都是生命之壁的摩崖石刻,经得起岁月风雨的推敲,值得我们久久珍爱。

第6000次回答

○ 培养爱心，锻炼耐力。

某机构驻北京办事处的首席代表，是一位外籍女华人。

一次聊天，她说，本公司待遇优厚，事业发展很有前途，因此每次招聘白领，硕士、博士云集，真像一句北京土话形容的——可用簸箕论堆儿撮。

好中选优，我的用人标准非常简单。开始阶段，完全唯文凭是举，而且一定要名牌大学的高才生。

我说，这样做是否有遗珠之憾？自学成才的也大有人在，俗话说包子有肉不在褶儿上，路遥知马力、日久见人心啊。

首席代表点头道，你讲得也有几分道理，但现代社会如此快节奏，哪儿有时间像个老农似的慢慢考察马的能力？我没有火眼金睛能看穿人的心肺，只有凭借他的历史。如果是匹千里马，早该穿云破雾战功赫赫。馅儿里藏着很多肉的包子，必会油汪汪、香气扑鼻，不能等咬了一口才知道。

名牌大学的学生，当然也非个个金刚不坏之身，但杰出人才的保险系数大一些。你想啊，重点大学的学生一般来自重点中学，重点中学来自重点小学……据说一个小学生大约要考500次试。念到博士毕业，便经历了成千上万次考试。

都说现在学生压力大、精神负担重，能在大负荷下成绩优等，不曾考试昏倒，没有长期失眠，精神无分裂，身体未崩溃……不正说明了他毅力顽强、心理素质稳定，是可堪造就的人才吗？

再者，我喜欢名牌大学学生的自信和优越感，那是一种从小积攒起来的雄厚功力和接受了某种训练培育出的虚张声势型自信，内在质量不一样。后面这种东西，一般的场合下还可凑合，但到关键时刻需要大胆魄、大气概时就易溃败瓦解。

现代商战很残酷，谁能在气势上压倒对方，进退有度，坚持到最后一分钟，才能成为长远的赢家。当然，衡量人的整体素质，是综合指标，但我哪儿有那么多时间一一鉴定？只有忙中取巧，简化约分，把复杂的问题程式化。

打仗时，大家挑选勇敢的人。和平年代，人们便用名牌大学这孔筛子，做用人的初步甄别。

我说，您的这套观点和现在的素质教育不符啊。人才应该是一个更广博的概念。

首席代表说，我也是无奈。除了分数，中国现在还有哪种比较公平公开而又负责任的评定指标可供用人单位参考？国外是有这种标准的。

我女儿和她的伙伴，都特别踊跃地参加志愿者服务队伍。工作是义务的，没有报酬，但登记处的表格摞得天高。孩子们要是得知申请获得接受，被指派了为公众服务的机会，会非常高兴。

动机并不完全出于无私的爱心，关键在于活动结束后，用人部门会出示对志愿者能力和责任感的评语。此种经历和得分，对于就业极为重要。

女儿领受任务回家，对着镜子不停咧着嘴笑。她平常性格内向，不大动表情。

那一天，她直笑得腮帮上的肌肉都哆嗦起来，好像白天跑了太多的路，睡觉时小腿抽筋一样。我说，艾尼卡，你这是怎么啦？按照中国话说，是吃了笑婆婆的尿了吗？女儿说，妈妈，我被分到一家像迪士尼乐园样的游乐城，将穿着员工的制服站在一个岔路口为游人指路。经过测算，游人从进园玩到我所站立的地方，有三分之一的人会有需要方便的念头。

虽然一路标有显著的卫生间指示牌，但仍有很多人会四处张望，向服务人员打听——洗手间在哪里？这个时候，我的工作，喏，就是一边打手势一边笑容满面地回答：请往这边走。

工作基本就是如此，很简单，很单调，但是必不可少。今天，公园服务总管问我，你知道每天要说多少遍"请往这边走"吗？我说，不知道。总管说，要回答6000遍。

这句话，我相信你在说第一遍的时候会亲切可人、温柔有加，说到1000次的时候也还算彬彬有礼，但你能保证在每天第6000次重复它时，脸上依旧是真切的笑意，口气中没有一丝厌倦的情绪吗？如果你做不到，现在离开还来得及。

我心中一抽，女儿个性强，能承担如此乏味的工作和持续地善待他人吗？没有把握啊。忙问，艾尼卡，你怎样回答？女儿说，我想，这是一个培养爱心、锻炼耐力的好机会，再说为了得到一个就业参考的好分数，我就咬牙答应下来了。您没看我正在练习微笑吗？

艾尼卡真的说到做到了。我曾在游乐园快下班的时候偷窥过她，那大概已经是她当天的第 5000 多次微笑了，依旧纯真善良、举止到位，无一敷衍。以至义务劳动结束时，她说，妈妈，我已经忘记如何表示愤怒了。当然，她得到了很好的评语。

听完首席代表的话，我说，您这样一讲，我是又明白又糊涂了。明白的是，艾尼卡是一个好孩子。糊涂的是，既然人的优良品质是培养出来的，这不又和您的天生自信学说矛盾了吗？

首席代表笑起来说，不要钻我的空子啊。天生素质当然最好，如果不具备，就只好退而求其次。好比天然的大虾捕捞光了，人工养殖的也行啊。天才加上训练，就更棒啦！

总有一天，你会为自己的傲娇买单

○ 大胆向世界发出你的声音，不要在稚嫩的年龄假装深沉。

我们常常听到这样的故事。

一对年轻人，彼此都很有好感，可是谁都没有勇气表白自己的内心。于是无数的旁敲侧击、无数的委屈和误会、无数的试探和揣摩，窗户纸始终不能捅破。结果呢，清高占了上风，谁都等着对方说第一句话，最后不了了之。

漫长岁月后，都已人到暮年，再次重逢袒露心迹，才知彼此的家庭都不幸福，后悔当年的迟疑。但现实是残酷的，逝去的青春不可能改写，只能存留永远的遗憾。

回想我们的经历，真是有太多时候我们没有勇气将自己的真实想法和盘托出，我们一厢情愿期待着事件按照我们的想象向前发展。可惜这样的机遇总是十分稀少，不如意者十之八九。一旦失望，要么退避躲让，要么走向极端，却忘了一条最直接最简单的捷径，那就是——坦言。

世上有多少痛苦和支离破碎，是因为双方的故弄玄虚而致？世上有多少悲剧，是因为误解和朦胧而发生？世间有多少罪恶，是因为隔膜和延宕而萌生？世上有多少流血和战争，是因为彼此的

第四章 去留无意，宠辱不惊

关闭和封锁而爆发？

坦言的"坦"字，在字典里的含义是"平"，把自己想要表达的意见一马平川地说出来，不遮掩，不隐藏，不埋设地雷，不挖掘壕沟，不云山雾罩，也不神龙见首不见尾……清晰明白，心平气和，这是做人的基本功之一。

坦言常常被误认为是缺少城府、涉世不深，其实这是一个天大的误会。在素以严谨著称的外交谈判中，坦率也是一个使用频率极高的词汇。越是面对分歧和隔阂，越需要开诚布公的坦言。

有人以为坦言是一个技术性的问题，以为掌握了若干讲话的小诀窍就可游刃有余，其实坦言的基础是一个心理素养的问题。

首先，你要是一个襟怀坦荡、敢于负责的人。它不是阿谀奉承的话，也不是人云亦云的话。它是你自我思考的结晶，它将透露你的真实想法，所包含的信息和观点，是你人格的体现。如果你畏葸求全，唯马首是瞻，那么，你无法坦言。

坦言，说起来容易，真正做起来，那过程往往令人不安和焦灼。可能是一个集会或课堂的公开发言，也可能是和你的上司或师长的对谈，可能是面对心仪的异性的首次表白，也可能是因为我们的过失而道歉和忏悔……总之，坦言是一次精神和语言的冒险，其中蕴涵着情感的未知和不可预测的反应。

然而，尽管困难重重，我们还是需要坦言。坦言是一种勇敢，因为你面对世界发出了独属于你的声音。坦言是一种敢作敢当的尝试，因为你们既不是权势的传声筒，也不是旁人的回音壁。无论你的声音多么微弱和幼稚，那是出于你的喉咙，它昭示了你的独立和思索。

有人以为坦言是不安全的，藏藏掖掖才是老练。我要说，往往你以为最不保险的地方才是最安全的。社会节奏如此之快，你吞吞吐吐，别人怎能知晓你繁复的内心活动？如果说在缓慢的农耕社会，人们还可以容忍剥笋抽丝的离题万里，那么在现代，坦言简直就是人生的必修课。

有人以为坦言仅仅是嘴皮子上的功夫，其实不然。有人无法坦言，是因为他不知道自己究竟需要坚守怎样的观点。坦言建筑在对自己和对社会的深切了解之上。如果你反对，你就旗帜鲜明。如果你热爱，你就如火如荼。如果你坚持，你就矢志不渝。

如果你选择，你就当机立断。

年轻人有一个容易犯的毛病，就是假装深沉。这个责任不在青年，而是我们民族的约定俗成中，不恰当地推崇少年老成。

年轻人的特点就是反应机敏、头脑灵活、快人快语。如果强做拖沓徐缓之状，那是对青春活力的不敬。说话不在缓急，而在其中是否蕴含真情、富有真知灼见。如果一位老年人言之无物，看他体弱健忘的份儿上，人们还能有几分谅解的话，年轻人的故作深沉，只能让人生出悲哀。老年人对于新生事物，难免倦怠，但一个年轻人，违背天性，欲盖弥彰，那简直就是逃避和无能的同义词了。

坦言的核心是自信，是尊重自己，也尊重他人。你值得我信任，所以我对你说真话。你可以拒绝我的意见，但不要轻视我的热情。我相信我自己是有价值的，所以我能够直率地面向这个世界。

学会坦言，会对人的一生产生重大的影响。我看过很多应聘成功的例子，那骨子里很多是面对权威的坦言。坦言常常更快地显露你的人品和才华，显露你应变的能力潜藏着能量。坦言是现代社会人际互动中极富建设性的策略，是一种建立良好情感环境的强大助力。

很多人在开始尝试坦言的时候常易紧张和失态，如同一只刚刚出壳的小鸡，感到湿漉漉的寒冷。但是，你一定要坚持下去，你一定会渐渐地熟练。坦言之后，即使被心爱的异性拒绝，也比潜藏着愿望追悔一生要好。即使得罪了昏庸的上级，也比唯唯诺诺丧失了人格要好。因为坦言，我们把自己的弱点暴露在光天化日之下，就更有了改正和提升的动力。因为坦言，我们会结识更多肝胆相照的朋友，会获得更多打磨历练的机遇。

珍惜坦言。那是一种心灵力量的体现，我们的意志在坦言中捶打，变得坚强。我们的勇气在坦言中增强，变得坚定。我们的爱在坦言中经受风雨，变成养料。我们的友谊在坦言中纯粹，变得醇厚。

坦言会让我们失去面纱，得到赤裸裸的真实。世上有很多人是经受不起坦言的，一如雪人不能和春风会面。但是，这正说明了坦言的宝贵。从年轻就学会坦言，那就等于你获得了一棵延年益寿的心理灵芝。你可以在有限的时间内得到更多行动和交流的自由。

优点零

○ 发现自己的优点，并且告诉自己：我能行。

一位做儿童心理研究的朋友告诉我，他发给孩子们一张表，让每人填写自己的优缺点和美好的愿望。孩子们很认真地填好了，把表交上来。他一看，登时傻了眼。

很多孩子填的是——优点零，——愿望零。

我对世上是否存在没有优点的成人，不敢妄说。但我确知世上绝无没有优点的孩子。

我或许相信世上有丧失愿望的老人，但我无法想象没有愿望的孩子，将有怎样枯萎的眼神？

不知道愿望和优点这两样对人激励重大的要素，假若排出丧失的顺序，该孰先孰后？是因为丧失了愿望，百无聊赖，才随之沉没，成为没有优点的少年？还是一个孩子首先被剥夺了所有的优点，心如死灰，之后再也不敢奢谈一丝愿望？也许它们如同绞缠在一起的铅丝，分不出谁更冰冷僵硬？

没有愿望，必是一个死寂的世界。孩子不再期望黎明，因为每一天都被功课塞满，晴天看不到太阳，阴天闻不到雪花，日出日落又有何不同？不再留意鲜花，因为世界一片苍白，眼中暗淡了温暖的色彩。不再珍视夜晚，因为厚重的眼镜遮挡了星光，即使抬头也是泪眼蒙眬。不再盼望得到师长的嘉奖，因为那不过是成人层层加码的裹了蜜糖的手段……

没有优点的孩子，内心该怎样痛楚地喘息？

见过一个胖胖的男孩，当幼儿园老师第一次问：谁觉得自己是个美男子？他忙不迭地从最后一排挤到前面，表示自己属于其中一员。可惜他紧赶慢赶，动作还是晚了一点，另有好几个男孩抢在前面，在老师面前排成自豪的一排。没想到老师伶牙俐齿地向他们说，还真有你们这么不知天高地厚的，竟觉得自己是美男子，臊不臊啊？后来，那几个男孩子，开始为自己的容貌羞涩，无法像以前那样快活。

这是一个简单的例子，但也可说明一点问题。每个渐渐长大的孩子，如果成人爱他，他也会认为自己是可爱的。他会感觉到自己是天地间的一个宝贝，他的生命的存在就是一个大优点。假若成人粗暴地打击他，奚落他，嘲讽他，鞭挞他，那脆弱的小生灵，就会被利剪截断双翅，从此萎靡下来，或许跌落尘埃一蹶不振。

看不到自身优点的人，必也看不到他人的优点。他们的谦恭，可能是高度自卑下的懦弱。他们的服从，可能掩饰着深刻的妒忌和反叛。他们的忍让，可能埋藏着刻毒的怨恨。他们的赞美，可能表里不一信口雌黄……

我以为愿望是人生强大的动力之一，假若人类丧失愿望，世界就在那一瞬停止了前进的引擎。因为有跑的愿望，人们有了汽车；因为有说话的愿望，人们有了电话；因为有飞的愿望，人们有了卫星。因为有传递和交换的愿望，人们有了互联网……

　　优点和愿望，是孩子们的双腿。希望有一天看到他们填写的表格上这样写着——优点多多，愿望无限。

击碎无所不在的尺

○ 以平常心做人，以进取心做事。

以最平凡的态度，做最不平凡的事情，这就是"平常心"的真谛了。

"平常心"这几个字，说的人多，真正明白的人没有那么多。因为"平常"，并不是听之任之随波逐流，它是一种务实而踏实的人生态度，并不像我们想象的那样容易，是高度智慧的不经意表现，是坚强意志的莞尔一笑。

如果别人对你没有要求，其实是很惨的事情。你被放逐了，你会觉得无价值感，会丧失了归属感。所以，当别人对你有很高要求的时候，你不必沮丧。那正是他高看你的能力，以为你能够胜任。当然了，如果确实超出了你的范畴，你可以提出看法，但不必垂头丧气。

到处是尺。尺度要人命。身高是尺，因为它赫然列在征婚条件的前几行。体重是尺，因为它和很多人的自我形象密切相关。职务是尺，简直就是衡量你是否进步的唯一阶梯。排名是尺，无论在国际上还是在国内省内校内班内，都是你的资格和位置的标杆。然而，设立尺的那个人是谁？人们已经忘记。

把自己从尺度中救出来，是当务之急。

永远不要把别人的进步，当成衡量你自己有无能力的尺度。那是不自信的人惯用的方式。无论是对自己还是对别人，万勿期望太高。所以，同学聚会的时候，你尽管放松，我们因为过去的友谊而重逢，这并不是今日近况的比武场。

节令是一种命令

○ 人生有节令：少年需率真，老年需稳健。

夏初，买菜。老人对我说，买我的吧。看他的菜摊，好似堆积着银粉色的乒乓球，西红柿摞成金字塔样。拿起一个，柿蒂部羽毛状的绿色，很翠硬地硌着我的手。我说，这么小啊，还青，远没有冬天时我吃的西红柿好呢。

老人显著地不悦了，说，冬天的西红柿算什么西红柿呢？吃它们哪里是吃菜？分明是吃药啊。我很惊奇，说怎么是药呢？它们又大又红，灯笼一般美丽啊。老人说，那是温室里煨出来的，先用炉火烤，再用药熏。让它们变得不合规矩地胖大，用保青剂或是保红剂，让它比画的还好看。人里面有汉奸，西红柿里头也有奸细呢。冬天的西红柿就是这种假货。

我惭愧了。多年以来，被蔬菜中的骗局所蒙蔽。那吃什么菜好呢？我虚心讨教。老人的生意很清淡，乐得教诲我。口中吐钉一般说道——记着，永远吃正当节令的菜。萝卜下来就吃萝卜，白菜下来就吃白菜。节令节令，节气就是令啊！夏至那天，太阳一定最长。冬至那天，亮光一定最短。你能不信吗？不信不行。你是冬眠的狗熊，到了惊蛰，一定会醒来。你是一条长虫，冷了就得冻僵，会变得像拐棍一样打不了弯。人不能心贪，你用了种种的计策，在冬天里，抢先吃了只有夏天才长的菜，夏天到了，怎么办呢？再吃冬天的菜吗？颠了个儿，你费尽心机，不是整个瞎忙活吗？别心急，慢慢等着吧，一年四季的菜，你都能吃到。更不要说，只有野地里，叫风吹绿的菜叶，太阳晒红的果子，才是最有味道的。

我买了老人家的西红柿，慢慢地向家中走。他的西红柿虽是露地长的，质量还有推敲的必要。但他的话，浸着一种晚风的霜凉，久久伴着我。阳光斜照在网兜上，那略带柔软的银粉色，被勒割出精致的纹路，好像一幅生长的印谱。

人生也是有节气的啊！

春天就做春天的事情，去播种。秋天就做秋天的事情，去收获。夏天游水，冬天堆雪。快乐的时候笑，悲痛的时分洒泪。

少年需率真。过于老成，好比施用了植物催熟剂，早早定了型，抢先上市，或许能卖个好价钱，但植株不会高大，叶片不会密匝，从根本上说，该归入早夭的一列。老年太轻狂，好似理智的幼稚症，让人疑心脑幕的某一部分让岁月的虫蛀了，连缀不起精彩的长卷，包裹不住漫长的人生。

时尚有句俗话——您看起来比实际的岁数年轻，听的人把它当作一句恭维或是赞美，说的人把它当作万灵的廉价礼物。我总猜测这话的背后，缩着上帝的一张笑脸。

比实际的年龄年轻，就分明是好的，美的，值得庆贺的吗？

小的人希冀长大，老的人祈望年轻。这种希望变更的子午线，究竟坐落在哪一扇生日的年轮？与其费尽心机地寻找秘诀，不如退而结网，锻造出心灵与年龄同步的舞蹈。

老是走向死亡的阶梯，但年轻也是临终一跃前长长的助跑。五十步笑百步，不必有过多的惆怅或是优越。年轻年老都是生命的流程，不必厚此薄彼，显出对某道工序的青睐或是鄙弃，那是对造物的大不敬，是一种浅薄而愚蠢的势利。人们可以濡养肌体的青春，但不要忘记心灵的疲倦。

死亡是生命最后的成长过程，有如银粉色的西红柿被摘下以后，在夕阳中渐渐地蔓延成浓烈的红色。此刻你只有相信，每一颗西红柿里都预设了一个机关，坚定不移地服从节气的指挥。

造　　心

○ 以我手塑我心。

蜜蜂会造蜂巢。蚂蚁会造蚁穴。人会造房屋、机器，造美丽的艺术品和动听的歌。但是，对于我们最重要最宝贵的东西——自己的心，谁是它的建造者？

孔雀绚丽的羽毛，是大自然物竞天择造出。白杨笔直刺向碧宇，是密集的群体和高远的阳光造出。清香的花草和缤纷的落英，是植物吸引异性繁衍后代的本能造出。卓尔不群坚韧顽强的性格，是秉赋的优异和生活的历练造出。

我们的心，是长久地不知不觉地以自己的双手，塑造而成。

造心先得有材料。有的心是用钢铁造的，沉黑无比。有的心是用冰雪造的，高洁酷寒。有的心是用丝绸造的，柔滑飘逸。有的心是用玻璃造的，晶莹脆薄。有的心是用竹子造的，锋利多刺。有的心是用木头造的，安稳麻木。有的心是用红土造的，粗糙朴素。有的心是用黄连造的，苦楚不堪。有的心是用垃圾造的，面目可憎。有的心是用谎言造的，百孔千疮。有的心是用尸骸造的，腐恶熏天。有的心是用眼镜蛇唾液造的，剧毒凶残。

造心要有手艺。一只灵巧的心，缝制得如同金丝荷包。一罐古朴的心，淳厚得好似百年老酒。一枚机敏的心，感应快捷电光石火。一颗潦草的心，门可罗雀疏可走马。一摊胡乱堆就的心，乏善可陈杂乱无章。一片编织荆棘的心，暗设机关处处陷阱。一道半是细腻半是马虎的心，好似白蚁蛀咬的断堤。一朵绣花枕头内里虚空的心，是假冒伪劣心界的水货。

造心需要时间。少则一分一秒，多则一世一生。片刻而成的大智大勇之心，未必就不玲珑。久拖不绝的谨小慎微之心，未必就很精致。有的人，小小年纪，就竣工一颗完整坚实之心。有的人，须发皆白，还在心的地基挖土打桩。有的人，半途而废不了了之，把半成品的心扔在荒野。有的人，成百里半九十，丢下不曾结尾的工程。有的人，精雕细刻一辈子，临终还在打磨心的剔透。有的人，粗制滥造一辈子，人未远行，心已灶冷坑灰。

心的边疆，可以造的很大很大。像延展性最好的金箔，铺设整个宇宙，把日月包含。没有一片乌云，可以覆盖心灵辽阔的疆域。没有哪次地震火山，可以彻底颠覆心灵的宏伟建筑。没有任何风暴，可以冻结心灵深处喷涌的温泉。没有一种天灾人祸，可以在秋天，让心的田野颗粒无收。

心的规模，也可能缩得很小很小，只能容纳一个家，一个人，一粒芝麻，一滴病毒。一丝雨，就把它淹没了。一缕风，就把它粉碎了。一句流言，就让它痛不欲生。一个阴谋，就置它万劫不复。

心可以很硬，超过人世间已知的任何一款金属。心可以很软，如泣如诉如绢如帛。心可以很韧，千百次的折损委屈，依旧平整如初。心可以很脆，一个不小心，顿时香消玉碎。

造心的时候，可以有很多讲究和设计。

比如预埋下一处心灵的生长点，像一株植物，具有自动修复，自我养护的神奇功能。心受了创伤，它会挺身而出，引导心的休养生息，在最短的时间内，使心整旧如新。

比如高高竖起心灵的避雷针，以便在危急时刻，将毁灭性的灾难导入地下，耐心等待雨过天晴。

比如添加防震防爆的性能，在心灵遭受短时间高强度的残酷打击下，举重若轻，镇定地维持蓬勃稳定。

比如……

优等的心，不必华丽，但必须坚固。因为人生有太多的压榨和当头一击，会与独行的心灵，在暗夜狭路相逢。如果没有精心的特别设计，简陋的心，很易横遭伤害一蹶不振，也许从此破罐破摔，再无生机。没有自我康复本领的心灵，是不设防的大门。一汪小伤，便漏尽全身膏血。一星火药，烧毁绵延的城堡。

心为血之海，那里汇聚着每个人的品格智慧精力情操，心的质量就是人的质量。有一颗仁慈之心，会爱世界爱人爱生活，爱自身也爱大家。有一颗自强之心，会勤学苦练百折不挠，宠辱不惊大智若愚。有一颗尊严之心，会珍惜自然善待万物。有一颗流量充沛羽翼丰满的心，会乘上幻想的航天飞机，抚摸月亮的肩膀。

造心是一项艰难漫长的工程，工期也许耗时一生。通常是母亲的手，在最初心灵的模型上，留下永不消退的指纹。所以普天下为人父母者，要珍视这一份特别庄重的义务与责任。

当以我手塑我心的时候，一定要找好样板，郑重设计，万不可草率行事。造心当然免不了失败，也很可能会推倒重来。不必气馁，但也不可过于大意。因为心灵的本质，是一种缓慢而精细的物体，太多的揉搓，会破坏它的灵性与感动。

造好的心，如同造好的船。当它下水远航时，蓝天在头上飘荡，海鸥在前面飞翔，那是一个神圣的时刻。会有台风，会有巨涛。但一颗美好的心，即使巨轮沉没，它的颗粒也会在海浪中，无畏而快乐地燃烧。

第五章

自在人生，自在独行

珍惜愤怒

○ 愤怒可使我们年轻。纵使在愤怒中猝然倒下，也是一种生命的壮美。

小时候看电影虎门硝烟的英雄林则徐在官邸里贴一条幅"制怒"。由此知道怒是一种凶恶而丑陋的东西，需要时时去制服它。

长大后当了医生，更视怒为健康的大敌。师传我，我授人：怒而伤肝，怒较之烟酒对人为害更烈。人怒时，可使心跳加快，血压升高，瞳孔放大，寒毛竖紧……一如人们猝然间遇到老虎时的反应。

怒与长寿，好像是一架跷跷板的两端，非此即彼。

人们渴望强健，人们于是憎恶愤怒。

我愿以我生命的一部分为代价，换取永远珍惜愤怒的权利。

愤怒是人的正常情感之一，没有愤怒的人生，是一种残缺。当你的尊严被践踏，当你的信仰被玷污，当你的家园被侵占，当你的亲人被残害，你难道不滋生出火焰一样的愤怒吗？当你面对丑恶面对污秽，面对人类品质中最阴暗的角落，面对黑夜里横行的鬼魅，你难道能压抑住喷薄而出的愤怒吗？

愤怒是我们生活中的盐。当高度的物质文明像软绵绵的糖一

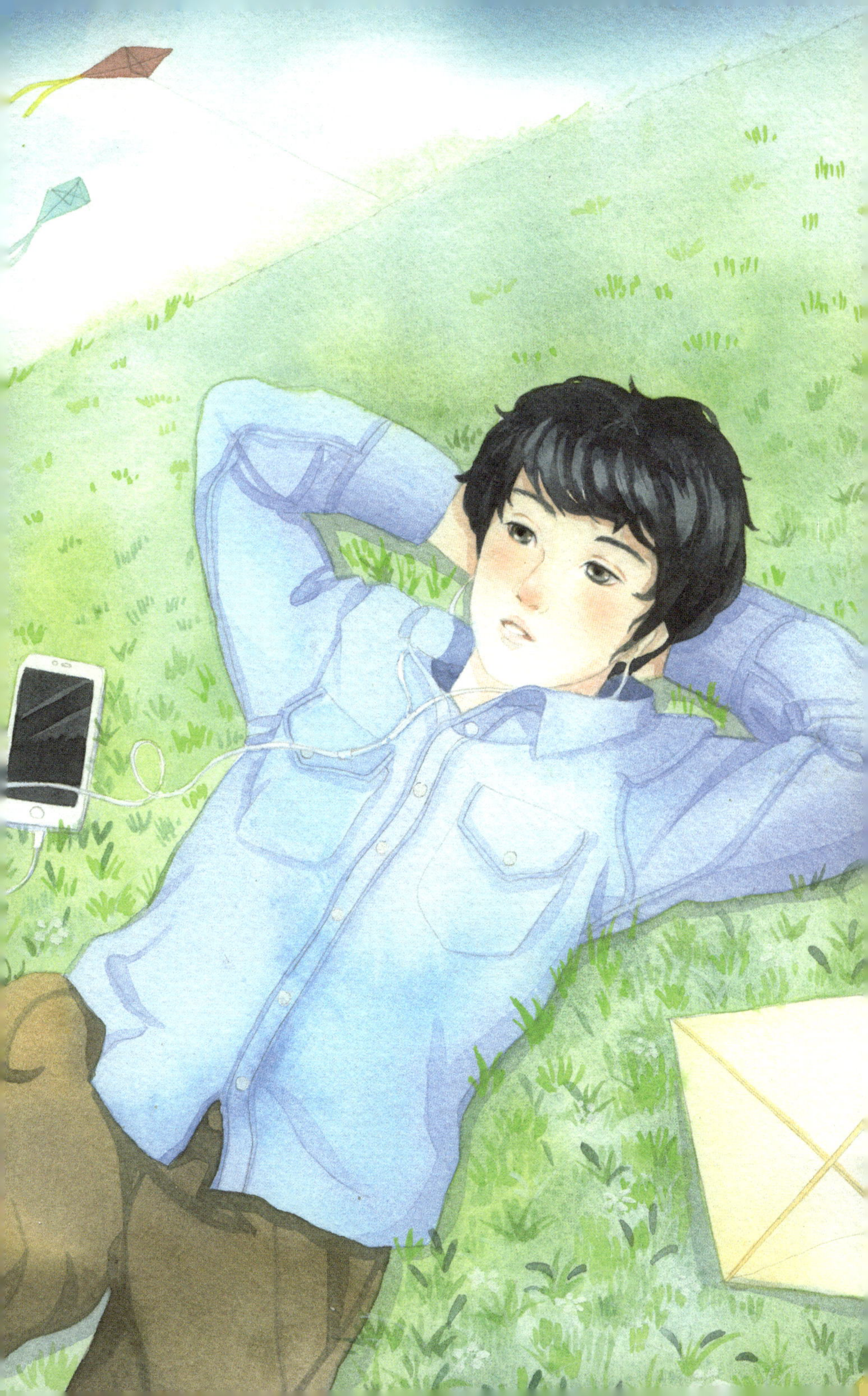

造好的心，如同造好的船。当它下水远航时，蓝天在头上飘荡，海鸥在前面飞翔，那是一个神圣的时刻。会有台风，会有巨涛。但一颗美好的心，即使巨轮沉没，它的颗粒也会在海浪中，无畏而快乐地燃烧。

样簇拥着我们的时候，现代人的意志像被泡酸了的牙一般软弱。小悲小喜缠绕着我们，我们便有了太多的忧郁。城市人的意志脱了钙，越来越少倒拔垂杨柳强硬似铁怒目金刚式的愤怒，越来越少幽深似海水波不兴却蕴育极大张力的愤怒。

没有愤怒的生活是一种悲哀。犹如跳跃的麋鹿丧失了迅速奔跑的能力，犹如敏捷的灵猫被剪掉胡须。当人对一切都无动于衷，当人首先戒掉了愤怒，随后再戒掉属于正常人的所有情感之后，人就在活着的时候走向了永恒——那就是死亡。

我常常冷静地观察他人的愤怒，我常常无情地剖析自己的愤怒，愤怒给我最深切的感受是真实，它赤裸而新鲜，仿佛那颗勃然跳动的心脏。

喜可以伪装，愁可以伪装，快乐可以加以粉饰，孤独忧郁能够掺进水分，惟有愤怒是十足成色的赤金。它是石与铁撞击一瞬痛苦的火花，是以人的生命力为代价锻造出的双刃利剑。

喜更像是一种获得，一种他人的馈赠。愁则是一枚独自咀嚼的青橄榄，苦涩之外别有滋味。惟有愤怒，那是不计后果不顾代价无所顾忌的坦荡的付出。在你极度愤怒的刹那，犹如裂空而出横无际涯的闪电，赤裸裸地裸露了你最隐秘的内心。于是，你想认识一个人，你就去看他的愤怒吧！

愤怒出诗人，愤怒也出统帅，出伟人，出大师，愤怒驱动我们平平常常的人做出辉煌的业绩。只要不丧失理智，愤怒便充满活力。

怒是制不服的，犹如那些最优秀的野马，迄今没有任何骑手可以驾驭它们。愤怒是人生情感之河奔泻而下的壮丽瀑布，愤怒是人生命运之曲抑扬起伏的高亢音符。

珍惜愤怒，保持愤怒吧！愤怒可以使我们年轻。纵使在愤怒中猝然倒下，也是一种生命的壮美。

紧　张

○ 大将不紧张，他们举重若轻、温柔淡定、成竹在胸。

紧张，是现代人逃脱不掉的伴侣。

紧张的时候，我们的心跳加快，瞳孔睁大，呼吸急促，血流湍急……我们的思索急迫而锋利，我们的行动敏捷而有力。

紧张这个词，很多年以前，被写进一所著名大学的校训。我想，那时它一定是有的放矢，有着历史的必然和辉煌的功绩。

时代在发展，如今，当我们不再从战火和铁血的角度看待紧张的时候，紧张就有了更多探讨的意义。

短时间的紧张，很好，会使我们焕发出非凡的爆发力。不过，世界上的事情，一蹴而就的，肯定有，但终是有限。大量的成功，孕育在日积月累的跋涉。紧张是一百米短跑，成长则是马拉松比赛。长久的紧张，如同长久的鞭策一样，是不能维持的，它会导致反应的迟钝。紧张可以应对一时，紧张却无法达至永恒。

紧张是一种无休止的激动，是一种没有间歇的高亢，是一种针插不进水泼不进的致密，是一种应急和应激的全力以赴。

你见过没有起落的江河吗？你听过没有顿挫的乐曲吗？你爬过没有沟崖的山峦吗？你走过没有悲喜的人生吗？

紧张是面具。紧张的下面，潜伏着怎样的暗流？换句话说，什么导致我们长久僵硬的紧张？

紧张的人，思维是直线而不是发散的，因为他的注意力太集中了，心就无旁骛。当我们的视野中只有一个目标的时候，它是收束和狭窄的（不是指远大的惟一的目标，是指运筹帷幄的策略）。我们的显意识之下，是辽阔的潜意识。当紧张的时候，理智和经验就占据了上风，而人类在长久的进化中所积累的本体感觉，被抑制和忽略。所以，紧张的人，很容易累。因为他是在用5%的能力，负载着100%甚至更高的压力，怎么能集思广益化险为夷呢？

紧张的人，其实是不安全的。他处于风声鹤唳之中，对自己的位置和处境，有深深的忧虑。他大张着自己所有的感官——眼睛瞪着，耳朵开放，手脚绷紧，呼吸也是浅而快的……他的全身就像一架打开的雷达，侦察着周围的一草一木。

他因袭着以往的重担，关注着周围的一举一动，他无法平和地看待他人和看待自己。紧张的人，睡眠通常不良。因为在睡梦中，他也不由自主地睁着半只眼睛。

打个比喻。什么动物最易于紧张呢？通常一下子就会想起老鼠兔子麻雀之类的，大都是弱小的谨慎的没有强大的防御能力的生灵。如果是老虎狮子大象甚至蟒蛇，我们想起它们的时候，可以觉得它们或懒洋洋或佯装安宁，但我们不会浮现出它们是紧张的这样一个印象。在突袭猎物的时候，它们快则快矣，狠则狠矣，你可以痛恨它,但它依然是从容和大智若愚。它们不紧张。

再举南极洲的企鹅为例,这些穿西服的鸟们,似乎也没有伶牙俐齿可供攻伐猎物与保障自身,胖墩墩的战斗力不强,但是,它们毫无疑义地不紧张。因为,不是来自它们自身的强大,而是没有人类的迫害和袭扰,它们尚不知紧张为何物。

所以,紧张不是强大,只是懦弱的一件涂着迷彩的旧风衣。

紧张往往使我们看问题的角度趋向负面。因为不安全,所以防御感强,假如在判断不清的时候,首先断定对方是有敌意和杀伤力的,考虑自己怎样防卫怎样规避怎样逃脱……紧张会使我们误会了朋友的友谊,曲解了爱情的试探,加深了创伤的痛楚,减缓了复原的时机。在紧张的时刻,决定往往是短期和激烈的。

紧张的时候,我们无法清晰地聆听到人真实的声音。我们自身澎湃的血流,主导了我们的听觉。我们看到的可能并非真实的世界,因为自身的目光已经有了某种先入的景象。我们无法虚怀若谷地接纳他人的意见,因为自己的念头依然盘踞在心。我们难以深刻地反省局限,因为注意力全然集中对外,内心演出了一场空城计……紧张就是如同凹凸镜一般,变形了真实的世界,让我们进入高度的备战状态。

紧张的人,是很难和别人和睦相处的。紧张的人,通常落落寡欢慎言忧郁。紧张的人,孤独寂寞。他们可以置身于灯红酒绿车水马龙当中,好似应者云集,但他们的心,多疑多虑,挛缩成一块石头。

  人们很推崇的一个词——大将风度。我以为其中极重要的组成部分，就是不紧张。每一行真正的高手，几乎都是举重若轻温柔淡定的。草船借箭诸葛空城，功夫在诗外，无论形势多么危急，他们成竹在胸。无论己方多么孤立，他们胜券在握。哪怕局面间不容发，他们眼观六路，耳听八方。

  大将不紧张。

忍受快乐

○ 你的付出值得你享受快乐。

忍受快乐。

这个提法,好像有点不伦不类。快乐啊,好事么,干吗还要用忍受这个词?在通常的习惯里,忍受是和痛苦、饥寒交迫、水深火热联系在一起的。

忍受是什么呢?是一种咬紧嘴唇苦苦坚持的窘迫,是一种打碎牙齿合血吞下的痛楚,是一种巴望减弱祈祷消散的呻吟,是一种狭路相逢听天由命的无奈。如果是忍受灾害,似乎顺理成章。忍受快乐,岂不大谬?天下会有这种人?人们惊愕着,以为这是恶意的玩笑和粗浅的误会。

环顾四周,其实不欢迎快乐的人比比皆是。不信,你睁大了眼睛,仔细观察一下当快乐不期而至的时候,大多数人们的惊慌失措吧。

最具特征的表现是:对快乐视而不见。在这些人的心底,始终有一股冷硬的声音在回响——你不配拥有……这是过眼烟云……好景终将飘逝……此刻是幻觉……人生绝非如此……啊!我太不习惯了,让这种情形快快过去吧……

我们姑且称这种心绪为——快乐焦虑症。

这奇怪的病症是怎样罹患的？

许多年前，我从雪域西藏回北京探家，在车轮上度过了20天时光。最终到家，结束颠沛流离之后，很有几天的时间，我无法适应凝然不动的大地。当我的双脚结结实实地踩在土地上的时候，感觉怪诞和恐慌。我焦灼不安地认为，只有那种不断晃动和起伏的颠簸，才是正常的。

你看，经历就是这么轻易地塑造一个人的感受和经验。当我们与快乐隔绝太久，当我们在凄苦中沉溺太深的时候，我们往往在快乐面前一派茫然。这种陌生的感觉，本能地令我们拒绝和抵抗。当我们把病态看成了常态时，常态就成了洪水猛兽。

一些人，对快乐十分隔膜，他们习惯于打拼和搏斗，竟不识天真无邪的快乐为何物。他们对这种美好的感觉，是那样骇然和莫名其妙，他们祷告它快快过去吧，还是沉浸在争执的旋涡中，更为习惯和安然。

还有一些人，顽固地认为自己注定不会快乐。他们从幼年起，就习惯了悲哀和苦痛。他们不容快乐的现实来打扰自己，不能胜任快乐的重量和体积。他们更习惯了叹息和哀怨，甚至发展到只有在凄惨灰色的氛围里，才有变态的安全感。那实际上是一种深深的忧虑造成的麻痹和衰败，他们丧失了宁静地承接快乐的本能。

他们甚至执拗地蒙起双眼，当快乐降临的时候，不惜将快乐拒之门外。他们已经从快乐焦虑症发展到了快乐恐惧症。当快乐敲门的时候,他们会像寒战一般抖起来。当快乐失望地远去之后,他们重新坠入暗哑的泥潭中,熟悉地昏睡了。

常常有人振振有词地说,我不接受快乐,是因为我不想太顺利了。那样必有灾祸。

此为不善于享受快乐的经典论调之一。快乐就是快乐,它并不是灾祸的近亲,和灾祸有什么血缘的关系。快乐并不是和冲昏头脑想入非非必然相连。灾祸的发生自有它的轨迹,和快乐分属不同的子目录。中国有句古话,叫作乐极生悲。我相信世上一定有这种偶合,在快乐之后,紧跟着就降临了灾难。但我要说,那并不是快乐引来的厄运,而是灾难发展到了浮出海面的阶段。灾难的力量在许多因素的孕育下,自身已然强大。越是在这种情形下,我们越是要珍惜快乐,因为它的珍贵和短暂。只有充分地享受快乐,我们才有战胜灾难的动力和勇气。

许多人缺乏忍受快乐的容量。怕自己因为享受了快乐,而触怒了什么神秘的力量,怕受到天谴,怕因为快乐而导致了自己的毁灭。

快乐本身是温暖和适意的,是欢畅和光亮的,是柔润和清澈的,同时也是激烈和富有冲击力的。

由于种种幼年和成年的遭遇,有人丢失了承接快乐的铜盘,双手掬起的只是泪水。这不是他们的过错,但是他们永久的悲哀。他们不敢享受快乐，他们只能忍受。当快乐来临的时候，他们手足无措，举止慌张。甚至以为一定是快乐敲错了门，应该到邻居家去串门的，不知怎么搞差了地址。快乐美丽的笑脸把他们吓坏了。他们在快乐面前，感到大不自在，赶紧背过身去。快乐就寂寞地遁去。

快乐是一种心灵自在安详的舞蹈，快乐是给人以爱自己也同时享有爱的欢愉的沐浴，快乐是身心的舒适和松弛，快乐是一种和谐和宁静。

当我们奔波颠簸跳荡狂躁得太久之后，我们无法忍受突然间的安稳和寂静。我们在无边无际的喧闹中，遗失了最初的感动，我们已忘怀大自然的包容和涵养。我们便不再快乐。

很多人不敢接受快乐的原因，是觉得自己不配快乐。这真是一个奇怪的逻辑。快乐是属于谁的呢？难道不是像我们的手指和眉毛一样，是属于我们自身的吗？为什么让快乐像一个无人认领的孤儿，在路口徘徊？

人是有权快乐的。甚至可以说，人就是为了享受心灵的快乐，才努力和奋斗，才与人交往和发展。如果这一切只是为了增加苦难，我们还有什么理由为此奋斗不息？

人是可以独自快乐的，因为人的感觉不相通。既然没有人能代替我们切肤之痛的苦恼，也就没有人能指责我们的独自快乐。不要以为快乐是自私的，当我们快乐的时候，我们就播种快乐的种子。我们把快乐传染给周围的人，我们善待周围的世界，这又怎么能说快乐是自私的呢?

当我们不接纳快乐的时候,我们实际上是不尊重自己,不相信自己,不给自己留下美好驰骋和精神升腾的空间。

快乐是一种无拘无束的展翅翱翔,快乐是一种淋漓尽致的挥洒泼墨,快乐是一种两情相依,快乐是一种生死无言。

对于快乐,如同对待一片丰美的草地,不要忍受,要享受。享受快乐,就是享受人生。如果快乐不享受,难道要我们享受苦难?即便苦难过后,给我们留下经验的贝壳,当苦难翻卷着白色的泡沫的时候,也是凶残和咆哮的。

快乐是我们人生得以有所附丽的红枫叶。快乐是羁绊生命之旅的坚韧缰绳。当快乐袭来的时候,让我们欢叫,让我们低吟,让我们用灵魂的相机摄下这些瞬间,让我们颔首微笑地分餐它悠远的香气吧。

忍受快乐,是一种怯懦。享受快乐,是一种学习。

写下你的忧伤

○ 打开精神的创口，为自己疗伤，你会发现：忧伤没你想象的那么多。

把你不快乐的理由写在一张纸上，你会惊奇地发现，它们完全没有你想象的那样多，一般来说，它们是不会超过十条的。

在这其中，把那些你不可能改变的理由划掉，比如你不是双眼皮或者你不是出身望族。然后认真地对付剩下的若干条，看看有哪些切实可行的方法可以将它们改变。

先准备一张纸，在纸上写下你纷乱的思绪。最好是分成一条条的，这样比较清晰和简明扼要。

要知道，人在愁肠百结、眼花缭乱的时候，分辨力下降，容易出错。所以把复杂的问题简单化、条理化，用通俗点的说法，就是给问题梳个小辫子。实践证明，这是个好方法。

具体的操作步骤是这样的。假如你感到沮丧，就请你分门别类地把沮丧的理由写下来。假如你哀伤，就尝试着把哀伤的理由也提纲挈领地写下来。如果你也不知道因为什么，就是心烦意乱、百爪挠心、不知所措、诸事不顺的时候，也请你把所有可能导致如此糟糕心情的理由写下来。

不要嫌麻烦，以此类推——当你愤怒的时候，当你寂寞的时候,当你无所适从的时候,当你自卑和百无聊赖的时候……都可以用这个法子试一试。

给你一个建议——找一张大一些的纸,起码要有 A4 纸那样大。如果你愿意用一张报纸一般大的纸,也未尝不可。反正我常常是这样开始的,引发我不适的感觉是如此强烈,深感没有一张大纸根本就写不下。

数不清的理由像野兔般埋伏在烦恼的草丛里,等待着我去一一将它们抓出来。如果纸太小,哪里写得下?写到半路发觉空白地方不够了,再去找纸,多么晦气!

当然了,你要找一个安静的地方。你要独自一人。不要把这当成一个玩笑,精神的忧伤是值得认真对待的,我们要凝聚心力,有条不紊地打开创口。

我当过外科医生,每逢打开伤口的时候,我都要揪着一颗心,因为会看到脓血和腐肉,有的时候,还有森森白骨。但是,任何一个负责任的医生,都不会因为这种创面的血腥狼藉而用一层层的纱布掩盖伤口,那样只会养虎为患,使局面越来越糟。

打开精神的伤口也是需要勇气的。当你写下第一条的时候,你很可能会战战兢兢地下不了笔,这时候,你一定要鼓起勇气,不要退缩。就像锋利的柳叶刀把脓肿刺开,那一瞬,会有疼痛,但和让脓肿隐藏在肌肉深处兴风作浪相比,这种短痛并非不可忍受。

第一刀刺下去之后,你在进出眼泪的同时,也会感到一点点轻松。因为，你把一个引而不发的暗疾揪到了光天化日之下。

乘胜追击，不要手软。请你用最快的速度再写下让你严重不安的第二条理由。这一次，稍稍容易了一些。不是吗？因为万事开头难啊！你已经开了一个好头，你已经把让你最难忍受的苦痛凝固在了这张洁白的纸上。这张纸，因了你的勇敢和苦痛，有了温度和分量。

第二条写完之后，请千万不要停歇下来，一定要再接再厉啊！这应该不是什么太难之事，因为让你寝食不安的事不会只是这样简单的一两件，你的悲怆之库应该还有众多的储备呢！也不要回头看，估摸自己已经写的那些东西是不是排名前后有调整的必要，只须埋头向前，一味写下。

写！继续！用不着掂量和思前想后，就这样写下去。等到了你再也写不出来的时候，咱们的"白纸疗法"第一阶段就先告一段落。

摆正那张纸，回头看一看。

我猜你一定有一个大惊奇。那些条款绝没有你想象的多！在一瞬间，你甚至有些不服气，心想造成我这样苦海无边、纷乱不止的原因，难道只有这些吗？不对，一定是什么地方出了差池，我想得还不够深不够细，概括得还不够周到，整理得还不够全面……

不要紧。不要急。你尽可以慢慢地想，不断地补充。你一定要穷尽让自己不开心的理由，不要遗漏一星半点。

好了，现在，你到了绞尽脑汁再也想不出新的愁苦之处的阶段了。那么，我们的"白纸疗法"第一阶段正式完成。

你可以细细端详这些让你苦恼的罪魁祸首。我猜你还是有些吃惊，它们比你预想的还要少得多。你以为你已万劫不复，其实，它们最多不会超过十条。

不信，我可以试着罗列一下。

1. 亲人逝去；
2. 工作变故；
3. 婚姻解体；
4. 人际关系恶劣；
5. 缺乏金钱；
6. 居无定所；
7. 疾病缠身；
8. 牢狱之灾；
9. 失学失恋；
10. ……

看到这里，你也许会说，这也太极端了吧？这些倒霉的事怎么能都集中到一个人身上呢？这种人在现实中的比例太低了！万分之一有没有啊？是的，我完全能理解你的讶然，但是，正如我们前面所说的，即使是这样的"头上长疮脚下流脓"的超级倒霉蛋，他的困境也并没有超过十条。

现在,"白纸疗法"进入第二个阶段。

把你的那些困境分分类,看看哪些是能够改变的,哪些是无能为力的。对于能够改变的,你要尽自己的努力来争取摆脱困境。对于那些不能改变的,就只能接受和顺应。

咱们还是拿那个天下第一倒霉蛋的清单来做个具体分析。

1. 亲人逝去;
2. 工作变故;
3. 婚姻解体;
4. 人际关系恶劣;
5. 缺乏金钱;
6. 居无定所;
7. 疾病缠身;
8. 牢狱之灾;
9. 失学失恋。

不能改变的:亲人逝去,婚姻解体,疾病缠身。

已经得到改变的:因为牢狱之灾,解决了居无定所;因为牢狱之灾,也就没有继续工作的可能性了。所以,第二条困境就不存在了。失学这件事,也只有等待出狱之后再做考虑。失恋这件事,虽然说并不是完全没有希望挽回,但因为恋爱毕竟是两个人的事情,假如在没有牢狱之灾的情况下,对方都已经和你分手,那么现在的局面更加复杂,和好的可能性也十分微弱,基本上可以把它放入你无能为力的筐子里面了。

可以做出的改变：

1. 在牢狱里，服从管理，争取减刑。

2. 积极治病，强身健体。

3. 学习知识和技能，争取出狱后能继续学业或是找到工作，积攒金钱，建立新的恋爱关系，找到房子，成立美满家庭。

通过剖析这张超级倒霉蛋的单子，我想你已经知道了该怎么做，我这里也就不啰唆了。毕竟每一片叶子都是不同的，每一个人遇到的具体困境和难处也都是不同的。我也就不打听你的隐私了。

现在，让我们进入"白纸疗法"的第三个阶段。

第三个阶段非常简单，就是你给自己写一句话，可以是鼓励，也可以是描述自己的心境，也可以是把自己骂上一句。当然了，这可不是咬牙切齿的咒骂，而是激励之骂。

有的朋友可能还是不知道如何下笔，让我举几个例子。

有人写的是：那个悲伤的人已经走远，我从这一刻再生。

有人写的是：振作起来。不然，我都不认识你了！

还有人写的是：一切反动派都是纸老虎。

最有趣的是我曾看到一个年轻人写道：啊！我呸！

我问他，这个"我呸"，是什么意思？

他翻翻白眼说，你连这个都不懂？就是吐唾沫的意思。吐痰，这下你总明白了吧？

我笑笑说，还是不大明白。

他说，你怎么这么笨呢！像吐口水一样，把过去的霉气都吐出去，新的生活就开始了。我小的时候，每逢遇到公共厕所，氨水样的味道直熏眼睛，我妈就告诉我，快吐口水，就把吸进肚子里的臭气都散出去了……现在，我也要"呸"一下。

我明白了，这是一个仪式，和过去的沮丧告别，开始新的一天。其实也很有道理。在咱们的文化中，有一个词，叫作"唾弃"，说的就是完全的放弃。还有一个词叫作"拾人余唾"，就是把别人放弃的东西再捡回来，充满了贬义。因此，这个小伙子在一句"我呸"当中，蕴含了弃旧图新的决定。

切开忧郁的洋葱

○ 有限生存岁月中，挑战忧郁，让生活更自由，更欢愉，更勃勃生气。

忧郁是一只近在咫尺的洋葱，散发着独特而辛辣的味道，剥开它紧密粘粘的鳞片时，我们会泪流满面。

一位为联合国工作的朋友告诉我，她到过战火中的难民营，抱起一个小小的孩子。她紧紧地搂着这幼小的身躯，亲吻她枯燥的脸颊。

朋友是一位博爱的母亲，很喜爱儿童，温暖的怀抱曾揽过无数的孩子，但这一次，她大大地惊骇了。那个婴孩软得像被火烤过的葱管，萎弱而空虚。完全不知道贴近抚育她的人，没有任何欢喜的回应，只是被动地僵直地向后反张着肢体，好似一块就要从墙上脱落的白磁砖。

朋友很着急，找来难民营的负责人，询问这孩子是不是有病或是饥寒交迫，为什么表现得如此冷漠？那负责人回答说，因为有联合国的经费救助，孩子的吃和穿都没有问题，也没有病。她是一个孤儿，父母双亡。孩子缺少的是爱，从小到大，从没有人抱过她。因她不知"抱"为何物，所以不会反应。

朋友谈起这段往事，感慨地说，不知这孩子长大之后，将如何走过人生？

不知道。没有人回答。寂静。但有一点可以预见，她的性格中必定藏有深深的忧郁。

我们都认识忧郁，每一个人，在一生的某个时刻，都曾和忧郁狭路相逢。

自然界的风花雪月，人生的悲欢离合，从宋玉的悲秋之赋到绿肥红瘦的喟叹，从游子的枯藤老树昏鸦到弱女的耿耿秋灯凄凉，忧郁如同一只老狗，忠实而疲倦地追着人们的脚后跟，挥之不去。随着现代社会的发达，忧郁更成了传染的通病。"忧郁症"已经如同感冒病毒一般，在都市悄悄蔓延流行。

忧郁像雾，难以形容。它是一种情感的陷落，是一种低潮的感觉状态。它的症状虽多，灰色是统一的韵调。冷漠，丧失兴趣，缺乏胃口，退缩，嗜睡，无法集中注意力，对自己不满，缺乏自信……不敢爱，不敢说，不敢愤怒，不敢决策……每一片落叶都敲碎心房，每一声鸟鸣都溅起泪滴，每一束眼光都蕴满孤独，每一个脚步都狐疑不定……

一个女大学生给我写信，说她就要被无尽的忧郁淹没了。因为自己是杀人凶手，那个被杀的人就是她的妈妈。她说自己从三岁起双手就沾满了母亲的鲜血，因为在那一天，妈妈为了给她买一支过生日的糖葫芦，横穿马路，倒在车轮下……"为此，我怎能不忧郁？忧郁必将伴我一生！"信的结尾处如此写着，每一个字，都被水洇得像风中摇曳的蓝菊。

说来这女孩子的忧郁，还属于忧郁中比较谈得清的那种，因为源于客观的、重要人物的失落而引起，在某种程度上，是我们不得不面对的痛苦反应。更有那说不清道不明的忧郁，树蚕一样噬咬着我们的心，并用重重叠叠的愁丝，将我们裹得筋骨蜷缩。

忧郁这种负面情感的源头，是个体对于失落的反应。由于丧失，所以我们忧郁。由于无法失而复得，所以我们忧郁。由于从此成为永诀，所以我们忧郁。由于生命的一去不返，所以我们忧郁。

从这种意义上讲，忧郁几乎是人类这种渺小的动物，面对宇宙苍穹时，与生俱来的恐惧，所以我们无法从根本上消除忧郁。我相信凡有人类生存的日子，我们就要和忧郁为朋，虽然我们不喜欢，但我们必须学会与忧郁共舞。

正因为这种本质上的忧郁，所以我们才要在有限生存岁月中，挑战忧郁，让我们自己的生活更自由，更欢愉，更勃勃生气。

失落引起忧郁。当我们分析忧郁的时候，首先面对的是失落。细细想来，失落似可分为不同性质的两大类。一是目前发生的真实与外在的失落，可以被我们确认并加以处理的。比如失去父母，失去朋友，失去恋人，失去工作，失去金钱，失去股票，失去名声，失去房产，失去自信……等等，惨虽惨矣，好歹失在明处，有目共睹。

二是源自自我发展的早期便被剥夺，或严重的失望经验，导致内在的深刻失落感觉。这话说起来很拗口，其实就是失在暗地，失得糊涂，失得迷惘，失在生命入口端的混沌处。你确切无疑地丢失了，却不知遗落在哪一地驿站？

这可怕的第二种失落，常常是潜意识的，表明在我们的儿童期，有着不同程度的缺憾和损失。因为我们未曾得到醇厚的爱，或因这爱的偏颇，使我们的内心发展受阻。因为幼小，我们无法辨析周围复杂的社会，导致丧失了对他人的信任，并在这失望中开始攻击自己。如同联合国那位朋友所抱起的女婴，她已不知人间有爱，她已不会回报爱与关切。在这种凄楚中长大的孩子，常常自我谴责与轻贱，认为自己不可爱，无价值，难以形成完整高尚的尊严感。

过度的被保护和溺爱，也是一种失落。这种孩子失落的是独立与思考，他们只有满足的经验，却丧失了被要求负责的勇气，丧失了学会接受考验和失败的能力，丧失了容纳失望的胸怀。一句话，他们在百般呵护下，残障了自我的成长性和控制力的发展。他们的脑海深处永远藏着一个软骨的啼哭的婴孩，因为愤怒自己的无力，并把这种无能感储入内心，因而导致无以名状的忧郁。

人的一生，必须忍受种种失落。就算你早年未曾失父母失学失恋，就算你一帆风顺平步青云，你也必得遭遇青春逝去韶华不再的岁月流淌，你也必得纳入体力下降记忆衰退的健康轨道，你也必有红颜易老退休离职的那一天，你也必得遵循生老病死新陈代谢的铁律，到了那一刻，你是否有足够的弹性，抵御忧郁？

还有一种更潜在的忧郁，是因为我们为自己立下了不可达到的高标准，产生了难以满足的沮丧感。这种源自认定自我罪恶的忧郁症状，是与外界无关的，全需我们自我省察，挣脱束缚。

忧郁的人往往是孤独的，因为他们自卑与自怜。忧郁的人往往互相吸引，因为他们的气味相投。忧郁的人结为夫妻，多半不得善终，因为无法自救亦无力救人。忧郁的人往往易于崩溃，因为他们哀伤更因为他们羸弱绝望。

难民营的婴儿，不知你长大后，能否正视自己的童年？失却的不可复来，接受历史就是智慧。记忆中双手沾着血迹的女大学生，你把那串猩红的糖葫芦永远地抛掉吧，你的每一道指纹都是洁白的，你无罪。母亲在天国向你微笑。

不要嘲笑忧郁，忧郁是一种面对失落的正常。不要否认我们的忧郁，忧郁会使我们成长。不要长久地被忧郁围困，忧郁会使我们萎缩。

不要被忧郁吓倒，摆脱了忧郁的我们，会更加柔韧刚强。

孤独是一种兽性

○ 自在人生，自在独行。

孤独这两个字，从它的偏旁与字形，一眼望去，就让人想起动物世界。看来我们聪明的祖先造字的时候，就已洞察它的真髓。

很低等的动物，多半是合群的。比如海洋里庞大的虾群，丛林中的白蚁，都是数目庞大的聚合体。随着物种渐渐进化，孤独才悄然而至。清高的老虎，高傲的鹰隼，狡猾的狐狸，威猛的狮子，你见过它们成群结伙浩浩荡荡组织起来的吗？

等进化到了人，事情才又复杂地回归了。人类重新为了各种利益，集结在一起。比如一千万人的城市，至今还在膨胀之中，从事某一行业的人，摩肩接踵地挤在一起。房屋盖得像毒蘑菇一般紧密，公共汽车拥挤成血肉长城……

在这种情况下，人回忆孤独，渴望孤独而不得，便沉浸于找与回味的痛苦。

孤独是一种源于兽的洁癖和勇敢。高雅的人在说到孤独时，以为那是人类的特殊情感，其实不过是返祖之一斑。

孤独是某个生命个体，独立地面对大自然的交流。自然是永恒而沉默的，只有深入它的怀抱中，在万籁寂静之时，你才能感觉它轻如发丝的震颤。

寻共鸣易，寻孤独难。因为共同的利害，将无数人紧紧拴在一起，利至则同喜，利失则同悲。比如股票市场，哪里有孤独插翅的缝隙？

高官厚禄，纸醉金迷，霓裳羽衣，巧笑倩兮……都需要有人崇拜，有人瞻仰，有人喝彩，有人钟情……假若孤独着，一切岂不是沙上建塔？

这些人也经常谈论孤独，但他们说出孤独这个字眼的时候，表达的不过是一种利益不够辉煌的愤懑感，和洁净凉爽无欲无求的孤独感大不相干。

人是软弱的动物。因为恐惧，才拥挤一处，以为借此可以抵挡白天而降的风雷。即使无法抵御，因为共睹同类也遭此厄运，私心里也可生出最后的快慰。

孤独是属于兽的一种珍贵属性，表达一种独往独来的自信与勇猛。在人满为患的地球上，它已经越来越稀少了。

也许有一天，人性终于消灭了兽性，孤独就像最后一只恐龙，销声匿迹。

行使拒绝权

○ 拒绝的实质是一种否定性的选择。智慧地勇敢地行使拒绝权。

拒绝是一种权利,就像生存是一种权利。古人说,有所不为才能有所为。这个"不为",就是拒绝。人们常常以为拒绝是一种迫不得已的防卫,殊不知它更是一种主动的选择。

纵观我们的一生,选择拒绝的机会,实在比选择赞成的机会,要多得多。因为生命属于我们只有一次,要用惟一的生命成就一种事业,就需在千百条道路中寻觅仅有的花径。我们确定了"一",就拒绝了九百九十九。拒绝如影随形,是我们一生不可拒绝的密友。

我们无时无刻不是生活在拒绝之中,它出现的频率,远较我们想象得频繁。你穿起红色的衣服,就是拒绝了红色以外所有的衣服。

你今天上午选择了读书,就是拒绝了唱歌跳舞,拒绝了参观旅游,拒绝了与朋友的聊天,拒绝了和对手的谈判……拒绝了支配这段时间的其他种种可能。

你的午餐是馒头和炒菜,你的胃就等于庄严宣布同米饭、饺子、馅饼和各式各样的煲汤绝缘。无论你怎样逼迫它也是枉然,因为它容积有限。

你选择了律师这个职业,毫无疑问就等于拒绝了建筑师的头衍。也许一个世纪以前，同一块土地还可套种，精力过人的智慧者还可多方向出击，游刃有余。随着现代社会的发展，任何一行都需从业者的全力以赴，除非你天分极高，否则兼做的最大可能性，是在两条战线功败垂成。

你认定了一个男人或是一个女人为终身伴侣，就斩钉截铁地拒绝了这世界上数以亿计的男人或女人，也许他们更坚毅更美丽，但拒绝就是取消，拒绝就是否决，拒绝使你一劳永逸，拒绝让你义无反顾，拒绝在给予你自由的同时，取缔了你更多的自由。拒绝是一条单航道，你开启了闸门，江河就奔涌而去，无法回头。

拒绝对我们如此重要，我们在拒绝中成长和奋进。如果你不会拒绝，你就无法成功地跨越生命。拒绝的实质是一种否定性的选择。

拒绝的时候，我们往往显得过于匆忙。

我们在有可能从容拒绝的日子里，胆怯而迟疑地挥霍了光阴。我们推迟拒绝，我们惧怕拒绝。我们把拒绝比作困境中的背水一战，只要有一分可能，就鸵鸟式地缩进沙砾。殊不知当我们选择拒绝的时候，更应该冷静和周全，更应有充分的时间分析利弊与后果。拒绝应该是慎重思虑之后一枚成熟的浆果，而不是强行捋下的酸葡萄。

拒绝的本质是一种丧失，它与温柔热烈的赞同相比，折射出冷峻的付出与掷地有声的清脆，更需要果决的判断和一往无前的勇气。

你拒绝了金钱，就将毕生扼守清贫。

你拒绝了享乐，就将布衣素食天涯苦旅。

你拒绝了父母,就可能成为飘零的小舟,孤悬海外。

你拒绝了师长,就可能被逐出师门,自生自灭。

你拒绝了一个强有力的男人的帮助,他可能反目为仇,在你的征程上布下道道激流险滩。

你拒绝了一个神通广大的女人的青睐,她可能笑里藏刀,在你意想不到的瞬间刺得你遍体鳞伤。

你拒绝上司,也许象征着与一个如花似锦的前程分道扬镳。

你拒绝了机遇,它永不再回头光顾你一眼,留下终身的遗憾任你咀嚼。

……

拒绝不像选择那样令人心情舒畅,它森严的外衣里裹着我们始料不及的风刀霜剑。像一种后劲很大的烈酒,在漫长的夜晚,使我们头痛目眩。

于是我们本能地惧怕拒绝。我们在无数应该说"不"的场合沉默,我们在理应拒绝的时刻延宕不决。我们推迟拒绝的那一刻,梦想拒绝的冰冷体积,会随着时光的流逝逐渐缩小以至消失。

可惜这只是我们善良的愿望,真实的情境往往适得其反。我们之所以拒绝,是因为我们不得不拒绝。

不拒绝,那本该被拒绝的事物,就像菜花状的癌肿,蓬蓬勃勃地生长着,浸润着,侵袭我们的生命,一天比一天更加难以救治。

拒绝是苦,然而那是一时之苦,阵痛之后便是安宁。

不拒绝是忍，心字上面一把刀。忍是有限度的，到了忍无可忍的那一刻，贻误的是时间，收获的是更大的痛苦与麻烦。

拒绝是对一个人胆魄和心智的考验。

因为拒绝，我们将伤害一些人。这就像春风必将吹尽落红一样，有时是一种进行中的必然。如果我们始终不拒绝，我们就不会伤害别人，但是我们伤害了一个跟自己更亲密的人，那就是我们自己。

拒绝的味道，并不可口。当我们鼓起勇气拒绝以后，忧郁的惆怅伴随着我们，一种灵魂被挤压的感觉，久久挥之不去。

因为惧怕这种难以言说的感觉，我们有意无意地减少了拒绝。

在人生所有的决定里，拒绝是属于破坏而难以弥补的粉碎性行为。这一特质决定了我们在作出拒绝的时候，需要格外的镇定与慎重。

然而拒绝一旦作出，就像打破了的牛奶杯，再不会复原。它凝固在我们的脚步里，无论正确与否，都不必原地长久停留。

拒绝是没有过错的，该负责任的是我们在拒绝前作出的判断。

不必害怕拒绝，我们只需更周密的决断。

拒绝是一种删繁就简，拒绝是一种举重若轻。拒绝是一种大智若愚，拒绝是一种水落石出。

当利益像万花筒一般使你眼花缭乱之时，你会在混沌之中模糊了视线。尝试一下拒绝吧。

你依次拒绝那些自己最不喜欢的人和事，自己的真爱就像退潮时的礁岩，嶙峋地凸现出来，等待你的攀援。

当你抱怨时间像被无数餐刀分割的蛋糕,再也找不到属于你自己的那朵奶油花时,尝试一下拒绝。

你把所有可做可不做的事拒绝掉,时间就像湿毛巾里的水,一滴一滴地拧出来了。

当你发现生活中蕴涵着太多的苦恼,已经迫近一个人能够忍受的极限,情绪面临崩溃的边缘时,尝试一下拒绝吧。

你也许会发现,你以前不敢拒绝,是为了怕增添烦恼。但是恰恰相反,拒绝像一柄巨大的梳子,快速地理顺了杂乱无章的日子,使天空恢复明朗。

当你被陀螺般旋转的日子搅得耳鸣目眩,忘记了自己是从哪里来、要到哪里去的时候,尝试一下拒绝吧。

你会惊讶地发觉自己从复杂的包装中清醒,唤起久已枯萎的童心,感叹我们每一个人都是自然之子。拒绝犹如断臂,带有旧情不再的痛楚。

拒绝犹如狂飚突进,孕育天马横空的独行。

拒绝有时是一首挽歌,回荡袅袅的哀伤。

拒绝更是破釜沉舟的勇气,一种直面淋漓鲜血惨淡人生的气概。

拒绝也不可太多啊。假如什么都拒绝,就从根本上拒绝了每个人只有一次的辉煌生命。

智慧地勇敢地行使拒绝权。这是我们每个人与生俱来的权利,这是我们意志之舟劈风斩浪的白帆。

第六章

不负年华，不负梦想

生命借记卡

○ 站在死亡的终点回望人生,把有限的生命"浪费"在美好的事情上。

喜欢这个"借"字。我们的一切都是借来的,终归有要还的那一天。《红楼梦》里的公子贾宝玉出生的时候,嘴里是衔了一块玉的。我们每个人出生的时候,并非是两手空空,而是捏了一张生命的借记卡。

阳世通行的银行卡分有钻石卡、白金卡等等,生命的卡则一律平等,并不因为出身的高下和财富的多寡,就对持卡人厚此薄彼。

这张卡是风做的,是空气做的,透明、无形,却又无时无刻不在拂动着我们的羽毛。

在你的亲人还没有为你写下名字的时候,这张卡就已经毫不迟延地启动了业务。卡上存进了我们生命的总长度,它被分解成一分钟一分钟的时间,树木倾斜的阴影就是它轻轻的脚印了。

密码虽然在你的手里,但储藏在生命借记卡的这个数字,你虽是主人,却无从知道。这是一个永恒的秘密,不到借记卡归零的时候,你会一直在混沌中。也许,它很短暂呢,幸好我不知你不知,咱们才能无忧无虑地生活着,憭然向前,支出着我们的时间,在哪一个早上那卡突然就不翼而飞,生命戛然停歇。

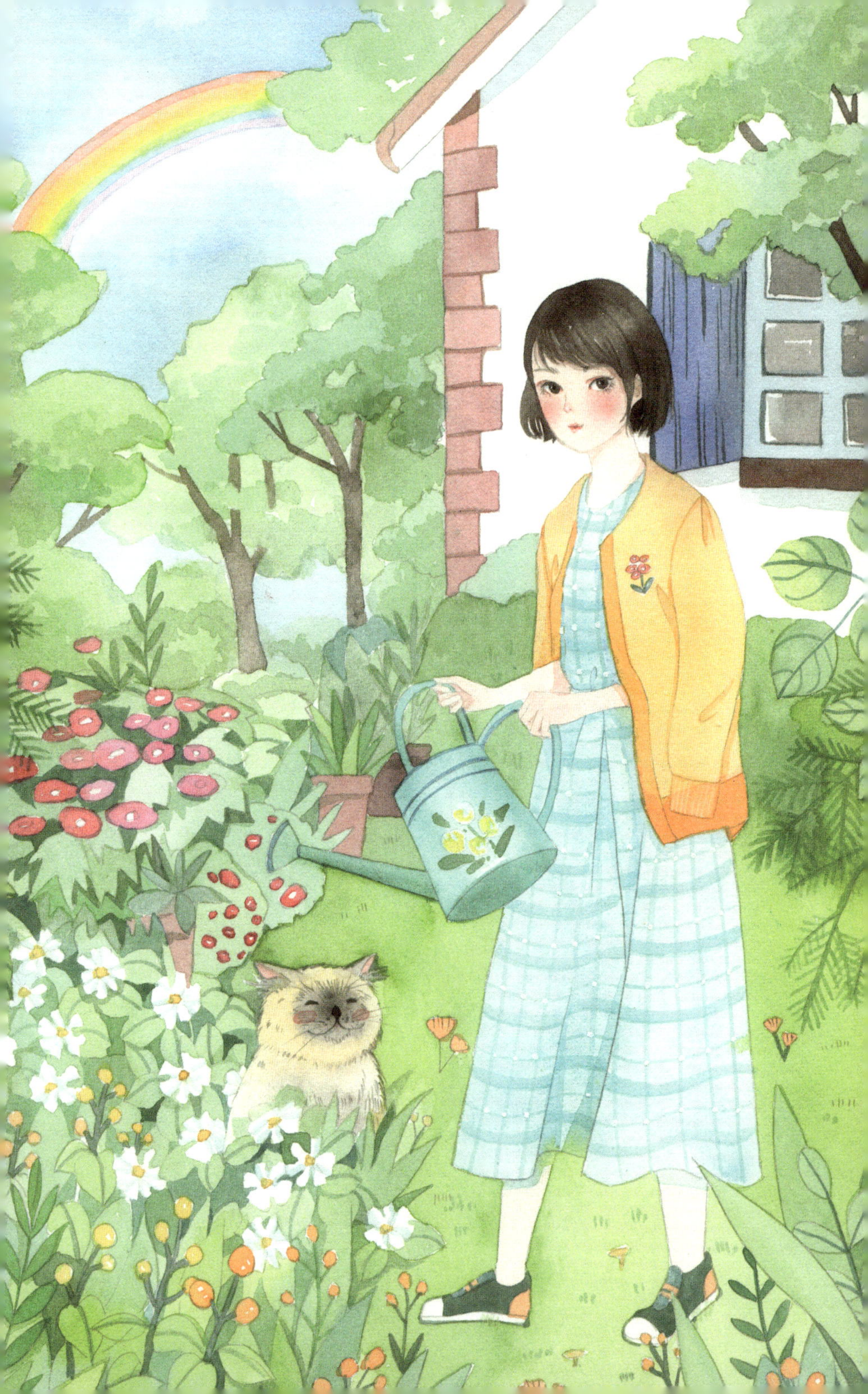

当我们把自己的精神小屋建筑得美观结实，储物丰富之后，不妨扩大疆域，增修新舍。矗立我们的精神大厦，开拓我们的精神旷野。因为，精神的宇宙，是如此的辽阔啊。

很多银行卡是可以透支的,甚至把透支当成一种福祉和诱饵,引领着我们超前消费,然而它也温柔地收取了不菲利息。生命银行冷峻而傲慢,它可不搞这些花样,制度森严,铁面无私。你存在账面上的数字,只会一天天一刻刻地义无反顾地减少,而绝不会增多。

也许将来随着医学的进步,能把两张卡拼成一张卡,现阶段绝无可能,以后也要看生命银行的脸色,如果它觉得尊严被冒犯和亵渎,只怕也难以操作。咱们今天就不再讨论。

也许有人会说,现在发布的生命预期表,人的寿命已经到了七八十岁的高龄,想起来,很是令人神往呢。如果把这些年头折算成分分秒秒,一年 365 天,一天 24 小时,一小时 3600 秒……按照我们能活 80 年计算,卡上的时间共计是 2522880000 秒(没找到计算器,老眼昏花地用笔算,反复演算了几遍,应该是准确的)。真是一个天文数字,一下子呼吸也畅快起来,腰杆子也挺起来,每个人出生的时候,都是时间的大富翁。不过,且慢。既然算账,就要考虑周全。借记卡有一个名为"缴费通"的业务,可以代缴代扣。比如手机话费、宽带上网费、水电费、图文电视费……呵呵,弹指间,你的必要消费就统统缴付了。

生命也是有必要消费的。就在我们这一呼一吸之间,卡上的数字就要减掉若干秒了。我们有很多必不可少的支出,你必须要优先保证。

首先,令人晦气的是——我们要把借记卡上大约三分之一的数额,支付给床板。床板是个哑巴,从来不会对你大叫大喊,可它索要最急,日日不息。你当然可以欠着床板的账,它假装敦厚,不动声色。一年两年甚至十年八年,它不威逼你,是个温柔的黄世仁。

它的阴险在长久的沉默之后渐渐显露,它不动声色地无声无息地报复你,让你面色干枯发摇齿动,烦躁不安,歇斯底里……它会让你乖乖地把欠着它的钱加倍偿还,如果它不满意,还会把还账的你拒之门外。倘若你欠它的太多了,一怒之下,也许它会彻底撕毁你的借记卡,纷纷扬扬飘失一地,让杨白劳就此永远躺下。所以,两害相权取其轻吧,从长远计,你切不可以慢待了床板这个索债鬼,不管它多么笑容可掬,你每天都要按时还它时间。

你还要用大约三分之一的时间来吃饭、排泄、运动、交通、打电话、接吻、示爱和做爱,到远方去旅游,听朋友讲过去的事情,当然也包括发脾气和生气,和上司吵架,还有哭泣……当然你也可以将这些压缩到更少的时间,但你如果在这些方面太吝啬支出的话,你就变成了一架冰冷的机器,而不再是活生生的人。为了让我们的生命丰富多彩,这些支出你无法逃避。

借记卡有一个功能,就是代缴各种费用。你的生命刨去了这样多的必须支出,你还剩下多少黄金时段?

如果我们知道自己生命中能够有效利用的时间到底有多少,

我相信一半以上的人，都会活得更加精彩。因为借记卡的数字隐藏在无边的黑暗中，这就更需要我们在黑暗中坚定地摸索着前进。

你的密码只有你自己知道。不要把密码告诉陌生人，不要让他主宰了你的生活。如果你的密码被泄露，不要伤心，不要自暴自弃。

密码是可以修改的，你可以重新夺回你对自己生命的控制权，这张借记卡只要你自己不拱手相让，就没有任何人能把它从你手里夺走。

不要用你手中的卡去做纯粹为了虚荣和炫耀的消费。因为那都是过眼烟云，你付出的是生命，收获的是荒凉。

不要用手中的卡去买你不喜欢的东西。生命是我们能享有的唯一，它的光彩和价值就在于它独树一帜的意义。找寻你生命的脐带，它维系着你的历史和光荣，这是你的责任和勇敢所在。如果你逃避或是挥霍，你就彻头彻尾地对不起了一个人，让那个人在无望中泪水流淌。这个人不是你的爸爸妈妈，虽然他们也可能为此伤感，但在他们逝去之后，你依然可以看到新鲜的泪珠在闪耀；这个人也不是你的师长，虽然他们可能会因此失望，但他们还有更多的学生可以期待。要知道你最对不起的人就是你自己，你委屈了千载难逢的表达。

唯有我们不知道生命的长短，生命才更凸显。也许，运动可以在我们的卡里增添一些跳动的数字？也许大病一场将剧烈地减少我们的存款？不知道。那么，在不知道自己有多少银两的时候，精打细算就不但是本能更是澄澈的智慧了。在不知道自己所要购买的愿景和器物有着怎样的高远和昂贵，就一掷千金毅然付出，那才是真正的猛士，视金钱如粪土。

这张卡是朴素的，也是昂贵的。你可以在卡上镶上钻石，那就是你的眼泪和汗珠了。没有白金也没有黄金，如果一定要找到类似的东西，美化我们的借记卡，那只有骨骼的硬度和血液的湿度了。

当我们最后驾鹤西行的时候，能带走的唯一物品，是我们空空如也的借记卡。当那个时候，我们回首查询借记卡上一项项的支出，能够莞尔一笑，觉得每一笔支出都事出有因不得不花，并将这笑容实实在在地保持到虚无缥缈间，也就是灵魂的勋章了。

其实，当你吐出最后的呼吸之时，你的借记卡就铿锵粉碎了。

但是，且慢，也许在那之后，有人愿意收藏你的借记卡，犹如收藏一枚古钱。

闭阖星云之眼

○ 生而为人，总该有点儿理想。

青年时代，我曾经有一段时间是一个悲观主义者，这也许是和我在西藏高原的经历有关，高原太辽阔了，人力太渺小了。雪峰太久远了，人生太短暂了。有时真是生出无上的悲哀，觉得奋斗有什么用呢？一个人的力量太薄弱了，太平洋不会因为一杯沸水而升高温度，这杯水却永远消失了。

后来，我知道这种看世界的角度，被哲学家称为"银河"或"星云之眼"。从这个位置来看，我们和目所能及的所有生物都是微不足道的，一切奋斗都显得荒凉和愚蠢，结局和发展都充满了不可言说的荒谬。一个人，和一只蚂蚁一条蛆虫没有任何分别。从星云和银河的角度来看，人类轻渺如烟无足挂齿。

这只眼振振有辞，在逻辑上几乎是无懈可击的。你若真要遵循了这只眼的视角，会从根本上使生命枯萎凋落。

一些好高骛远的人，在遭受失败的时候，会拾起这只眼为自己开脱。因为所有的努力和不努力都混为一谈，他的失败也就顺理成章。一些胸无大志的人，在沉沦和荒靡的时候，会躲在这只眼后面为自己找借口。因为一切都在虚无中，他的荒废光阴也就有了理论支点。一些游戏人生放弃光明的人，在黑暗中也眨巴着这只眼，似乎一切都是梦，清醒和昏迷并无分别……

你不要小看了这看似遥远而又神秘的星云之眼，如果你长期用这只眼注视世界，就会不由自主的灰心丧志。持久地沉浸其中，还有可能放弃生命。当我们从生活中抽离，成为袖手旁观的旁观者时，所有世俗的欢快和目标，就变得轻如鸿毛。

闭阖星云之眼吧，因为那不是你的位置，那是神的位置。摒弃那高处不胜寒的孤寂，回到充满生机又复杂多变的人间吧。僭越是危险的，我们今生为人，是一种福气。珍惜我们明察秋毫的双眼，可以仰视星空，却不要让自己轻飘飘地飞起来，到达星云的高度。那里，据说很冷，很黑，很荒凉。

那些让我们感到有内涵有勇气有坚持力的人，我坚信他们是有理想的。人很怪，只有理想这种东西，才能够提供源源不断的动力。

你为什么而活着

○ 人生是没有意义的，你要为之确立一个意义。

我有过若干次讲演的经历，在北大和清华，在军营和监狱，在农村土坯搭建的课堂和美国最奢华的私立学校……面对从医学博士到纽约贫民窟的孩子等各色人群，我都会很直率地谈出对问题的想法。在我的记忆中，有一次的经历非常难忘。

那是一所很有名望的大学，约过我好几次了，说学生们期待和我进行讨论。我一直推辞，我从骨子里不喜欢演说。每逢答应一桩这样的公差，就要莫名地紧张好几天。但学校方面很执著，在第 N 次邀请的时候说，该校的学生思想之活跃甚至超过了北大，会对演讲者提出极为尖锐的问题，常常让人下不了台，有时演讲者简直是灰溜溜地离开学校。

听他们这样一讲，我的好奇心就被激励起来，我说我愿意接受挑战。于是，我们商定了一个日子。

那天，大学的礼堂挤得满满的，当我穿过密密的人群走向讲台的时候，心里涌起怪异的感觉，好像是"文革"期间的批斗会场，不知道今天将有怎样的场面出现。果然，从我一开始讲话，就不断地有条子递上来，不一会儿，就在手边积成了厚厚一堆，好像深秋时节被清洁工扫起的落叶。我一边讲课,一边充满了猜测,不知道树叶中潜伏着怎样的"思想炸弹"。讲演告一段落,进入回答问题阶段,我迫不及待地打开了堆积如山的纸条,一张张阅读。那一瞬,台下变得死寂,偌大的礼堂仿若空无一人。

我看完了纸条说,有一些表扬我的话,我就不念了。除此之外,纸条上提得最多的问题是——

人生有什么意义?请你务必说真话,因为我们已经听过太多言不由衷的假话了。

我念完这个纸条以后,台下响起了掌声。我说你们今天提出这个问题很好,我会讲真话。我在西藏阿里的雪山之上,面对着浩瀚的苍穹和壁立的冰川,如同一个茹毛饮血的原始人,反复地思索过这个问题。我相信,一个人在他年轻的时候,是会无数次地叩问自己——我的一生,到底要追索怎样的意义?

我想了无数个晚上和白天,终于得到了一个答案。今天,在这里,我将非常负责地对大家说,我思索的结果是:人生是没有任何意义的!

这句话说完,全场出现了短暂的寂静,如同旷野。但是,紧接着就响起了暴风雨般的掌声。

那是我在讲演中获得的最热烈的掌声。在以前,我从来不相信有什么"暴风雨"般的掌声这种话,觉得那只是一个拙劣的比喻。但这一次，我相信了。我赶快用手做了一个"暂停"的手势，但掌声还是绵延了若干时间。

我说："大家先不要忙着给我鼓掌，我的话还没有说完。我说人生是没有意义的，这不错，但是——我们每一个人要为自己确立一个意义！

"是的，关于人生的意义的讨论，充斥在我们的周围。很多说法，由于熟悉和重复，已让我们从熟视无睹滑到了厌烦。可是，这不是问题的真谛。真谛是，别人强加给你的意义，无论它多么正确，如果它不曾进入你的心理结构，它就永远是身外之物。比如我们从小就被家长灌输过人生意义的答案。在此后漫长的岁月里，谆谆告诫的老师和各种类型的教育，也都不断地向我们批发人生意义的补充版。但是，有多少人把这种外在的框架，当成了自己内在的标杆，并为之下定了奋斗终生的决心？"

那一天结束讲演之后，我听到有同学说，他觉得最大的收获是听到有一个活生生的中年人亲口说，人生是没有意义的，你要为之确立一个意义。

其实，不单是中国的青年人在目标这个问题上飘忽不定，就是在美国的著名学府哈佛大学，也有很多人无法在青年时代就确立自己的目标。我看到一则材料，说某年哈佛的毕业生临出校门的时候，校方对他们做了一个有关人生目标的调查，结果是：百分之二十七的人完全没有目标；百分之六十的人目标模糊；百分之十的人有近期目标；只有百分之三的人有着清晰而长远的目标。

二十五年过去了，那百分之三的人不懈地朝着一个目标坚忍努力，成了社会的精英，而其余的人，成就要相差很多。

我之所以提到这个例子，是想说明在人生目标的确立上，无论中国还是外国的青年，都遭遇到了相当程度的朦胧或是混沌状态。有人会说，是啊，那又怎么样？我可以一边慢慢成长，一边寻找自己的人生意义啊。我平日也碰到很多青年朋友，诉说他们的种种苦难。我在耐心地听完那些折磨他们的烦心事之后，把他们乞求帮助的目光撇在一旁，我会问："你的人生目标是什么呢？"

他们通常会很吃惊，好像怀疑我是否听懂了他们的愁苦，甚至恼怒我为什么对具体的问题视而不见，而盘问他们如此不着边际的空话。更有甚者，以为我根本就没有心思听他们说话，自己胡乱找了个话题来搪塞。

我会迎着他们疑虑的目光，说："请回答我的这个问题，你为什么而活着呢？"

年轻人一般会很懊恼地说："这个问题太大了，和我现在遇到的事没有一点关联。"我会说："你错了。世上的万事万物都有关联。有人常常以为心理上的事只和单一的外界刺激有关，就事论事，其实心理和人生的大目标有着纲举目张的紧密接触。很多心理问题，实际上都是人生的大目标出现了混乱和偏移。"

举个例子。一个小伙子找到我,说他为自己说话很快而苦恼,他交了一个女朋友,感情很好。但女孩子不喜欢他说话太快。一听他口若悬河滔滔不绝地说个没完,女孩就说自己快变成大头娃娃了。还说如果他不改掉这毛病,就不能把他引荐给自己的妈妈,因为老人家最烦的就是说话爱吐唾沫星子的人。

"你说我怎么才能改掉说话太快的毛病?"他殷切地看着我,闹得我都觉得如果不帮他这个忙,简直就成了毁掉他一生爱情和事业的凶手。

我说:"你为什么要讲话那么快呢?"

他说:"如果慢了,我怕人家没有耐心听完我的话。您知道,现在的社会节奏那么快,你讲慢了,人家就跑了。"

我说:"如果按照你的这个观点发挥下去,社会节奏越来越快,你岂不是就得说绕口令了?你的准丈母娘就不是这样的人啊,她就喜欢说话速度慢一点并且注意礼仪的人啊。"

他说:"好吧,就算你说的这两种人都可以并存,但我还是觉得说话快一些,比较占便宜,可以在单位时间内传达更多的信息。"

我说:"那你的关键就是期待别人能准确地接受你的信息。你以为只有快速发射信息才是唯一的途径。你对自己的观点并不自信。"

他说:"正是这样。我生怕别人不听我的,我就快快地说,多多地说。"

当他这样说完之后,连自己也笑起来。我说,"其实别人能否接受我们的观点,语速并不是最重要的。而且,你能告诉我,你为什么这样在意别人是否能接受你的观点?"

这个说话很快的男孩突然语塞起来,忸怩着说:"我把理想告诉你,你可不要笑话我。"

我连连保证绝不泄密。他说:"我的理想是当一个政治家。所有的政治家都很雄辩,你说对吧?"

我说:"这咱们就比较接触到了问题的实质。要当一个政治家,第一要自信。他们的雄辩不是来自速度,而是来自信念。一个自信的人,不论说话快还是慢,他们对自我信念的坚守流露出来,会感染他人。我知道你有如此远大的理想,这很好。你要做的事,不是把话越说越快,而是积攒自己的力量,让自己的信念更加坚强。"

那一天的谈话到此为止。后来,这个男生告诉我,他讲话的速度就慢了下来,也被批准见到了自己的准丈母娘,听说很受欢迎。

这边刚刚解决了一个说话快的问题,紧接着又来了一位女硕士,说自己的心理问题是讲话太慢,周围的人都认为她有很深的城府,不敢和她交朋友,以为在她那些缓慢吐出的话语背后,隐藏着怎样的阴谋。

"我试了很多方法,却无法让自己说话快起来,烦死了。"她慢吞吞地对我这样说,语速的确有一种压抑人的迟缓,好像在话的背后还隐藏着另一句话。

我看她急迫的神情,知道她非常焦虑。

我说:"你讲每一句话是否都要经过慎重的考虑?"

她说:"是啊。如果不考虑,讲错了话,谁负得了这个责?"

我说:"你为什么特别怕讲错话?"

女硕士说:"因为我输不起。我家庭背景不好,家里有人犯了罪,周围的人都看不起我们;家里很穷,从小靠亲戚的施舍我才能坚持学业。我生怕一句话说差了,人家不高兴,就不给我学费了。所以,连问一句'你吃了吗?'这样中国最普通的话,我也要三思而后行。我怕人家说,你连自己的饭都吃不饱,也配来问别人吃饭问题。"

听到这里,我说:"我明白了。你觉得自己的每一句话都可能引致他人的误解,给自己造成不良影响。"

女硕士连连说:"对对,就是这样的。"

我笑了,说:"你这一句话说得并不慢啊。"

她说:"那我是相信你不会误会我。"

我说:"这就对了。你说话速度慢,不是一个技术性的问题,是你不能相信别人。你是否准备一辈子都不相信任何人?如果是这样,我断定你的讲话速度是不会改变的。如果你从此相信他人,讲话的速度自然会比较适宜，既不会太慢，也不会太快，而是能收放自如。"

那个女生后来果然有了很大的改变，她的人际关系也有了进步。

今天我们从一个很大的目标谈起，结果要在一个很小的地方结束。我想说，一个人的心理是一座斗拱飞檐的宫殿，这座宫殿的基础就是我们对自己人生目标的规划和对世界对他人的基本看法。一些看起来是技术和表面的问题，其实内里都和我们的基本人生观有着千丝万缕的联系。心理问题切不可头痛医头脚痛医脚，那样如同创可贴，只能暂时封住小伤口，却无法从根本上让我们的精神强健起来。

人可以最大限度地逼近真实

○ 全力以赴，一切都是最好的安排。

朋友给我讲过这样一个故事。

他祖父小的时候，很聪明，也很有毅力，学业有成，正欲大展宏图之际，曾祖将他叫了去，拿出一个古匣，对他说，孩子，我有一件心事，终生未了。因为我得到它们的时候，一生的日子已经过了一半，剩下的时间，不够我把它做完的。做学问，就要从年轻的时候着手，我要是交给你一件半成品，不如让你从头开始。

原委是这样。早年间，江南有一家富豪，酷爱藏书。他家有两册古时传下的医书，集无数医家心血之大成，为杏林一绝。富豪视若珍宝，秘不传人，藏在书楼里，难得一见。后来，富豪出门遇险，一位壮士从强盗手里救了他的性命，富豪感恩不尽，欲以斗载的金银相谢。壮士说，财宝再多，再贵重，也是有价的。我救了你，你的命无价。富豪说，莫非壮士还要取了我的命去？壮士大笑说，我不是要你的命，是想用你的医书，救普天下人的性命。富豪想了半天，说，我可以将医书借给你三天，但是三日后的正午，你必得完璧归赵。说罢，命人从嵯峨的木制书楼里，将饱含檀香气味的医书捧了出来。

壮士得了书后，快马加鞭急如星火地赶回家，请来乡下的诸位学子，连夜赶抄医书。书是孤本，时间又那样紧迫，荧荧灯火下，抄书人目眦尽裂，总算在规定时间之内，依样画葫芦地描了下来。壮士把医书还了富豪，长出一口气，心想从此以后，便可以用这深锁在豪门的医学宝典，造福于天下黎民了。

谁知，抄好的医书拿给医家一看，才知竟是不能用的。医家以人的性命为本，亟须严谨稳当。这种在匆忙之中由外行人抄下的医方，讹脱衍倒之处甚多，且错得离奇，漏得古怪，寻不出规律，谁敢用它在病人身上做试验呢？

壮士造福百姓之心不死，急急赶回富豪家。想晓以大义，再请富豪将医书出借一回，这一次，请行家高手来抄，定可以精当了。当他的马冷汗涔涔到达目的地时，迎接他的是冲天火光。富豪家因遭雷击燃起天火，藏书楼内所有的典籍已化为灰烬。

从此这两册抄录的医书，就像鸡肋，一代代流传了下来。没有人敢用上面的方剂，也没有人舍得丢弃它。书的纸张黄脆了，布面断裂了，后人就又精心地誊抄一遍。因为字句的文理不通，每一个抄写的人都依照自己的理解，将它订正改动一番，闹得愈加面目全非，几成天书。

曾祖的话说到这里，目光炯炯地看着祖父。

祖父说，您手里拿的就是这两册书吗？

曾祖说，正是。

祖父说，您是要我把它们勘出来？

曾祖说，我希望你能穷毕生的精力，让它死而复生。但你只说对了一半，不是它们，是它。工程浩大，你这一辈子，是无法同时改正两本书的。现在，你就从中挑一本吧。留下的那本，只有留待我们的后代子孙，再来辨析正误了。

祖父看着两本一模一样的宝蓝色布面古籍，费了斟酌。就像在两个陌生的美女之中，挑选自己终身的伴侣，一时不知所措。

随意吧。它们难度相同，济世救人的功用也是一样的。曾祖父催促。

祖父随手点了上面的那一部书。他知道从这一刻起，这一个动作，就把自己的一生，同一方未知的领域，同一个事业，同一种缘分，紧紧地粘在一起了。

好吧。曾祖把祖父选定的甲册交到他手里，把乙册收了起来，不让祖父再翻。怕祖父三心二意，最终一事无成。

祖父没有辜负曾祖的期望，皓首穷经，用了整整半个世纪的时间，将甲书所有的错漏之处更正一新。册页上临摹不清的药材图谱，他亲自到深山老林一一核查。无法判定成分正误的方剂，他采集百草熬药炼成汤，以身试药，几次昏厥在地。为了一句不知出处的引言，他查阅无数典籍……那册医书就像是一盘古老石磨的轴心，天文地理古今中外，凡是书中涉及的知识，祖父都用全部心血一一验证，直至确凿无疑。祖父的一生围绕着这册古医书旋转，从翩翩少年一直变作鬓发如雪。

按说祖父读了这许多医书，该能成为一代良医。但是，不。祖父的博学只为那一册医书服务，凡是验证正确的方剂，祖父就不再对它们有丝毫留恋，弃而转向新的领域探索。他只对未知事物和纠正谬误有兴趣，一生穷困艰窘，竟不曾用他验证过的神方医治过病人，获得过收益。到了祖父垂垂老矣的时候，他终于将那册古书中的几百处谬误全部订正完了。祖父把眼睛从书上移开，目光苍茫，好像第一次发现自己已走到生命的尽头。

人们欢呼雀跃，毕竟从此这本伟大的济世良方，可以造福无数百姓了。

但敬佩之情只持续了极短的一段时间。远方出土了一座古墓，里面埋藏了许多保存完好的古简，其中正有甲书的原件。人们迫不及待地将祖父校勘过的甲书和原件相比较，结果是那样令人震惊。

祖父校勘过的甲书，同古简完全吻合。

也就是说，祖父凭借自己惊人的智慧和毅力，以广博的学识和缜密的思维，加之异乎寻常的直觉，像盲人摸象一般在黑暗中摸索，将甲书在漫长流传过程中产生的所有错误全改正过来了。

祖父用毕生的精力，创造了一项奇迹。

但这个奇迹，又在瞬忽之间烟消灰灭，毫无价值。古书已经出土，正本清源，祖父的一切努力，都化为劳而无功的泡沫。人们只记得古书,没有人再忆起祖父和他苦苦寻觅的一生。

讲到这里,朋友久久地沉默着。

古墓里出土了乙医书的真书吗?我问。

没有。朋友答。

我深深地叹息说,如果你的祖父在当初选择的那一瞬间,挑选了乙书,结果就完全不一样了啊。

朋友说,我在祖父最后的时光,也问过他这个问题。祖父说,对我来讲,甲书乙书是一样的。我用一生的时间,说明了一个道理,人只要全力以赴地钻研某个问题,就有可能最大限度地逼近它的真实。

祖父在上天给予的两个谜语之中,随手挑选了一个。他证明了人的努力,可以将千古之谜猜透。

所有的动力都来自内心的沸腾

○ 你永远无法叫醒一个装睡的人,除非那个人自己决定醒来。

一个人躺在地上,如果他不想起来,那么十个人也拉不起他来,即使起来了,他也马上会趴下。

所有的动力都来自内心的沸腾。如果你做不到一件事,无论是搞好关系还是寻找爱人或者减肥,都是因为他还没有真正想做。

这是一个很有意义的心理小游戏。来,纠集起十来个人,然后找一个人来扮演那个躺在地上的人。不用找体重特别沉的,那样容易影响咱们这个游戏的真实感。请这位朋友赖在地上,大家用尽全力把他拽起来。

我见过三十个人都拉不起一个人的情景。我本来在上文中想写这个数字,但又怕大家觉得太夸张了,就写了十来个人。这是千真万确的。只要你不想起来,没有人能把你拉起来。心理上的问题也是一样的,只要你没想通,你不是真的心服口服,那么,无论外界多么努力,都是劳而无功。

女子当妈妈,对待自己的孩子时,要记得这个游戏。他虽然小,也有自己的独立意志,你要把道理给他讲清楚,而且要让他明白这样做的目的是什么。有人会觉得孩子还小,没必要讲那么多。

可是，成长是一个逐渐发生的过程，你不能在一颗幼小的心里种下强权的种子。以理服人而不是以力服人，这是从小就要养成的习惯。

你举目四望，很容易就能发现：很多人的生理上的需求得到了满足，但他们仍然不满意，奔突不止，躁动不宁，缺少一种能使他生机勃勃的动力，欠缺稳定祥和。像这样缺少主动性的生活，无论表面上多么风光，都是不值得羡慕的。

那种使自己变得生机勃勃的动力是什么呢？谁来回答你呢？谁来帮你寻找呢？谁为你一锤定音？没有别人，只有你自己。只有当理想的光芒照耀着我们，而且它和广大人群的福祉相连，我们才会有大的安宁和勇气。

你可曾体会到种子的疼痛？那种挣开包锁自己的硬壳，顶出板结的土壤的苦难，对一个柔弱的芽来说，可以说是顶天立地的壮举。一个人觉醒时的力量，应该大于一粒种子啊！

有些人把梦想变成现实，有些人把现实变成了梦想。关键是，你的梦想是什么，你为你的梦想做了什么。

有梦想，就不会寂寞。当你寂寞的时候，只要招招手，你的梦想就飞到了你身边。剩下的事，就是琢磨怎样把梦想变成行动了。

机遇是怎样在不知不觉中降临的

○ 锤炼你的人格和目标，一手造就自己的好运气。

学会不怨天尤人，勇敢地负起自己应该负起的责任，这是一种美德，并且会给自己带来意想不到的礼物，那就是——你将一手造就自己的经历，为自己带来好运气。

我一直很相信这样一种说法：当你坚定地承担责任勇往直前的时候，天地万物好像听到了一个指令，会齐心协力地帮助你、提携你。于是，贵人也出现了，机会也在最不可能滋生的崖缝中，露出了细芽。

我有时自己也想不通，这不是迷信吗？天下万物怎么会听从一个指令呢？它们的耳朵在哪里？它们的听力如何？这个指令是什么人发出来的呢？它用的是何种语言？

想不通啊想不通！但现实中确实有这样的故事，我听到很多人这样说过，在充满了感动的同时，也充满了疑惑。想啊想，我终于理出了一点头绪。

那个帮你忙的指令，其实出自你的内心。一个人，如果他是积极向上永不妥协的，那么，他的一举一动一笑一颦，都会放射出这种不屈的信息。这就像香草就要发出烘烤般的酥香气息，拦也拦不住，堵也堵不了。所有经过他身边的人，都会看到这种灼热光华，如同走过夜明珠的身旁。

我坚信，很多人在内心里，是愿意帮助别人的。特别是这种帮助并不会带给自身重大损失的时候，很多人都愿意伸出友谊之手。

这种手，有的时候是一个机遇，给谁都是给，为什么不给一个让我们心生好感的人呢？为什么不给一个让人们心怀敬重的人呢？为什么不给一个具备美德的人呢？于是你就得到了它。

有的时候，援手是一个信息。因为你让对方感到愉悦，人在愉悦的时候就会浮想联翩。施助者的潜意识喜欢你，就想——也许这个消息对这个人会有益处呢？于是它把这句话送到了主人的嘴边。很可能连主人都没有意识到这种好感和这条信息之间的关联，但勤快的潜意识就麻利地给办妥了，没想到不经意间，这便成就了你的新生。

更多的时候，援手是一点小钱。这对有钱人算不得什么，对贫困之中的人，却是天降甘露。你可能因为有了这一点小钱，而获得了转机，迎来了拐点。这对于施恩之人来说，很可能是举手之劳。钱和钱的概念有时有天壤之别，用处也大相径庭，钱是会玩魔术的。

援手有的时候只是鼓励和关爱。虽然鼓励和关爱并不需要太大的付出，但人们只会鼓励那些和自己的人生大目标相投的人，会关爱和自己的爱好信仰相符的人。

  一个人只有在光明磊落的时候，才会不避讳自己的奋斗目标，才会在很多不经意的瞬间显示出美德和惹人怜爱的细节。而这些，恰好具有打动人心的力量，奇迹就慢慢地显影了。

  世界上的事，都是因人而异。对你难于上青天的事，对另外一些人不过是弹指间的小菜一碟。所以，先锤炼你的人格和目标吧。当它们光彩照人的时候，机遇就在不知不觉中降临了。

  这没有什么可神秘的，只要你像雏鹰，无数次张开翅膀，有一次正好刮过来了风，那是一股上升的气流。如果你蜷曲在巢中，无论刮过怎样的风，对你都只是寒冷。

你的身体里，必有一颗成功的种子

○ 成功并不像想象的那样难。因为我们不敢做，它才变得难起来。

你一定要相信，在你的身体里，有一颗种子，焦灼地盼望着阳光。至于它到底是一颗什么种子，在没有发芽之前，谁也不知道。

你的责任就是给它浇水，保护它不被鸟雀啄食，不因为干渴而失去生机。不会被人偷走，也不会在你饥肠辘辘的时刻，被你把它炒熟了充饥。如果那样做了，你虽可一时果腹，却丧失了长久发展的原动力。

那颗种子可能藏在你的耳朵里，你就有灵敏的听觉。可能藏在你的手指甲里，你就有非凡的触觉。也可能在你的眸子里，也可能在你的肌肉中。当然了，更可能在你的大脑中，心脏里，双手中……

每个人在属于个人的成长经历中，早已获得了解决问题的丰富宝藏。请信任我们的潜意识，它必定能在正确的时机产生恰当的回应。告诉你一句悄悄话——有时候，信息也将以非语言的方式揭露真相。

找找吧。一定找得到！

身体里绝对有不少于一百种的功能，能保证你在浑然不觉中完成种种复杂的运作。但你不要以为功能们会一直老老实实地待在那里，它们是勤勤恳恳的，却不是任劳任怨的。如果你一直视它们的存在为理所当然，从来不照料它们，不维护和激励它们，或是过度使用，或是置若罔闻，那么，它们不是反抗就是消极怠工，也许集体突围，无声无息地溜走了，让你误以为它们从来不曾居住在你的身体里。要知道，一辈子无意识地随波逐流，会导致你各种功能的退化。

　　成功并不像想象的那样难。因为我们不敢做，它才变得难起来。

第七章 着意耕耘，自有收获

被老师读作文的时候

○ 做"尖子生",不做高处不胜寒的"尖子生"。

我小的时候,总爱把作文写得与众不同。王老师不止一次给我的作文批过"5+"的分数,还经常在课堂上读我有漏洞也有一点新意的作文。

被老师读作文的时候,心情像一颗怪味豆。最初当然是甜的了,哪个学生不愿意受到老师的夸奖?可慢慢的,咸味和涩味就涌上心头。

下课以后,同学们的神情怪怪的。"哦——哦——,老师又用时传祥掏粪的勺子'刳'毕淑敏啦!"那时候我们刚学过一篇关于掏粪工人的课文,在北方话里,刳与夸同音。全班同学好像结成了孤立我的统一战线,跳皮筋,两边都不要我。要知道平日里,因为我个子高,跳得又好,大伙都抢着跟我一拨呢!我和谁说话,她会装作没听见扭身走开,然后故意跟别的人大声说笑,一块儿边说边看着我。

在我幼小的心里,第一次懂得了什么叫孤独,什么叫被嫉妒。

作文每两周讲评一次,我便要经受一次精神的炼狱。怎么办呢?

我想到的第一个办法是：从此不要把作文写得那样好。我开始挺随意地写作文，随大流，平平淡淡。果然，王老师不再念我的范文，同学们也和我相亲相爱。正在我很得意的时候，王老师找我了。"你的作文退步了，是不是骄傲了？"我执拗地保持沉默。不是不愿意告诉老师原因，而是不知道怎么说。假如我说了，老师会在班上把同学们数落一顿（她会的，她的脾气很急躁）。那我的处境就更糟了。

王老师苦口婆心地开导我半天，于是我又开始认认真真地写作文，王老师是满意了，可同学们敌视的恶性循环又开始了。

就没有一个万全之策了吗？

我小小的脑筋动了又动，我发现同学们并不是讨厌我的作文。老师念它们的时候，大伙听得津津有味，不时还发出会意的笑声。同学们只是不喜欢老师反反复复只提一个名字：毕淑敏。

我小心翼翼地说："王老师，我最近的作文有进步了吗？""噢，你近来写得不错。今天下午我还要读你的作文。"王老师说。"我有一个小小的请求……"我战战兢兢地说。"什么事？你说好了。"王老师的眼睛明亮地注视着我。

"我想……您念我的作文的时候……是不是可以……不念我的名字……"我鼓足勇气说完蕴藏在心中许久的话。

"为什么？我当了这么多年的老师，还是第一次听到这种要求。你总不能让同学们觉得那是一篇无名氏写的东西吧？"王老师有些不耐烦了。

我知道王老师会这么说的，要说服她可不是一件容易的事。索性一不做二不休，我镇静下来，一板一眼地说："我觉得您读谁的作文，主要是看文章写得好不好。至于是谁写的，并不重要。不说名字，您让大伙讨论的时候，没人拘着面子，反倒更好说意见了。我也好给我自己的作文提不足之处……"

我说的都是实话。只是最重要的理由我没有说：我想为自己求一份心灵的安宁。

"你说得有一些道理。好吧，让我们下午试一试。"王老师沉吟着答应了。

那天下午的情形，一如我小小的心所预料的。同学们充满了好奇，发言比平日热烈得多。下课以后，我和大伙快活地跳皮筋。

我至今不知道这算是少年人的机智还是一种早熟的狡猾，却养成了我勤奋不已而又淡泊名利的性格。

做一个"欢喜"的学习者

○ 把学习当成乐趣与习惯，不忘初心，砥砺前行。

一位心理学教授，录取报考她的研究生时，划掉得分最高的学生，取了分数略低的第二名。她说：

我在进行一项心理追踪研究，或者说是吸取教训。

她是德高望重的学者，在专业范畴内，颇有建树。别人一定要她讲讲录取标准，她缓缓地说：

我已经招了多年的研究生，我希望我所热爱的学科，在我的学生手里发扬光大。老一辈毕竟要逝去，他们是渐渐黯淡下去的苍蓝。新的一辈一定要兴旺，他们是渐渐苏醒过来的嫩青。

选择怎么样的接班人呢？

以前，我总是挑选那些得分最高、看起来兢兢业业、学习刻苦、埋头苦干，像鸡啄米一样片刻不闲的学生。我想，唯有热爱，他们才会如此努力，取得优异的成绩，他们应该是最好的。在私下里，我称他们为"苦大仇深型"的学生。

许多年过去了，我有从容的时间，以目为尺，注视他们的脚步，考察他们的历史，以检验当年决定的命中率。我发现自己错了。在未来的发展中，生龙活虎、富有潜质并且宠辱不惊，成为

真正的学科才俊的,是那样一种人:

表面上,他们像狮子一样悠闲,甚至有点漫不经心和懒散,小的成绩并不能鼓励他们,反而让他们藐视、淡漠。对于导师的指导和批评,他们往往是矜持而有保留地接受,看起来不是很虚心,多少有些落落寡合,经常得不到众口一词的称赞。

失败的时候,他们难得气馁灰心,几乎不需要鼓励;辉煌的时候,显不出异样的高兴,仿佛对成就有着天然的免疫力。他们的面部表情总是充满孩子般的好奇,洋溢着一种快乐,我称之为"欢喜型"。

"苦大仇深型"的学习者,主要是为了改善自己的生存状态,追求科学知识给自身带来的优裕。一旦达到目的,对于科学本身的挚爱渐渐蒸发,代之以新的更敏捷的优化生存状态的努力。作为一种生活方式的选择,自然无可厚非;作为学业继承者,他们不是最好的人选。

"欢喜型"的学习者,一开始,也许他们走得不快,脚力并不格外矫健。但是,心中的爱好,犹如不断喷发的天然气,始终燃烧熊熊的火焰,风暴无法将它吹熄。在火光的引导下,欢喜型的人们边玩边走,兴趣盎然地不断攀登,不会因路边暂时的风景而停下脚步,直到高远的天际。

最后,心理学教授说:

几乎世上所有的事,都可以划分成"苦大仇深型"和"欢喜型"。比如读书,若是为了一个急切的目的,时过境迁,就会与书形同路人。如果真是爱好喜欢,就会永远将书安放枕边,梦中与书相会。

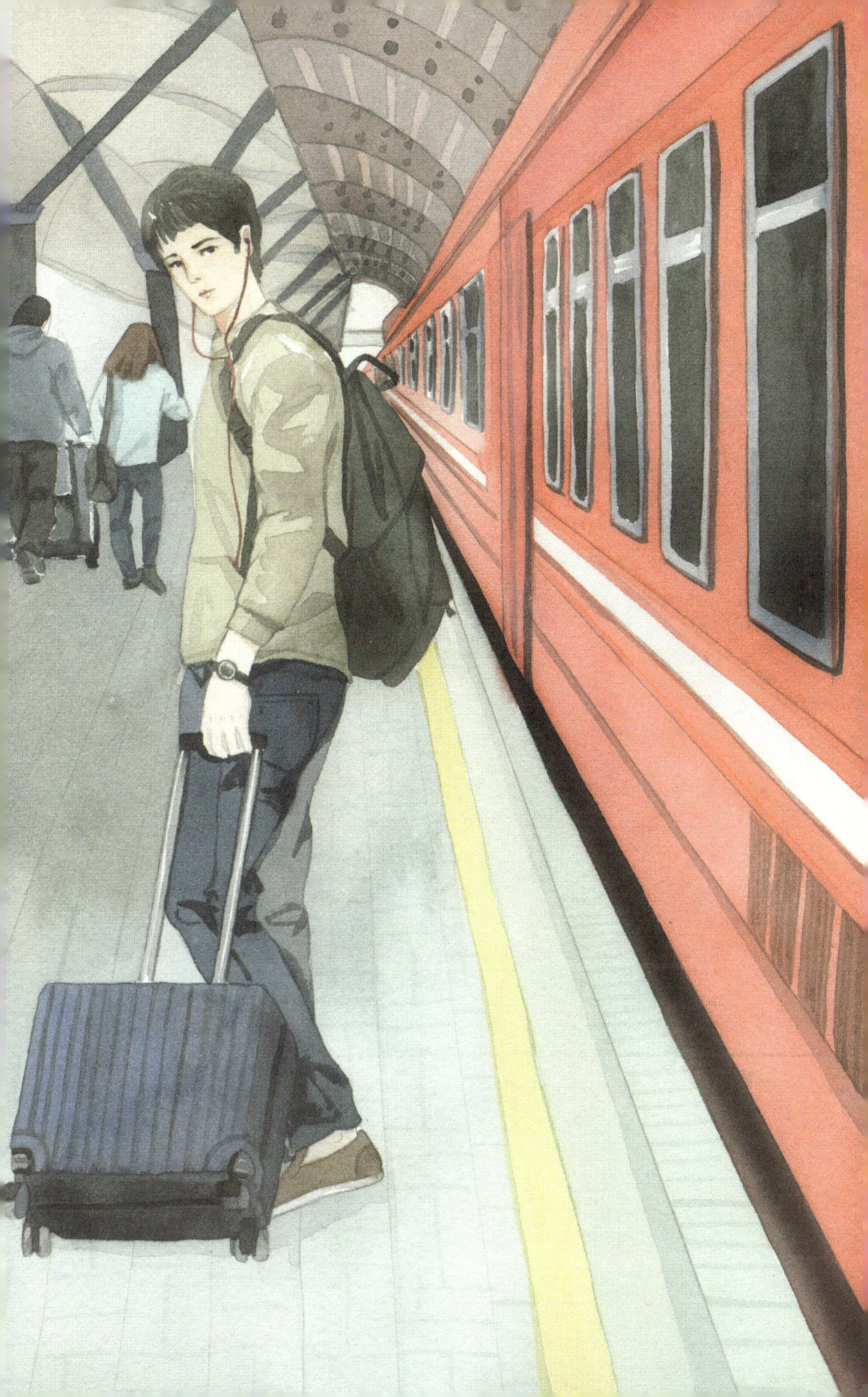

当我们没有出发的时候，我们不知道这个世界有多大，不知道最美好的地方在哪里。我们以为它们均在虚无缥缈的远方。我们期望着与最美好的世界相遇，不辞万里。等我们从远方回到家里，才发现这个世界最美好的地方，就在我们咫尺相遥的指尖。

读书使人优美

○ 读书是最简单的美容之法。

优美在字典上的意思是：美好。

做一个美好的人，我相信是绝大多数人的心愿。除了心灵的美好，外表也需美好。为了这份美好，人们使出了万千手段。比如刀兵相见的整容，比如涂脂抹粉的化妆。为了抚平脸上的皱纹，竟然发明了用肉毒杆菌的毒素在眉眼间注射，让我这个曾经当过医生的人，胆战心惊。

其实，有一个最简单的美容之法，却被人们忽视，那就是读书啊！

读书的时候，人是专注的。因为你在聆听一些高贵的灵魂自言自语，不由自主地谦逊和聚精会神。即使是读闲书，看到妙处，也会忍不住拍案叫绝……长久的读书可以使人养成恭敬的习惯，知道这个世界上可以为师的人太多了，在生活中也会沿袭洗耳倾听的姿态。而倾听，是让人神采倍添的绝好方式。所有的人都渴望被重视，而每一个生命也都不应被忽视。你重视了他人，魅力就降临在你的双眸了。

读书的时候，常常会会心一笑，那些智慧和精彩，那些英明与穿透,让我们在惊叹的同时拈页展颜。微笑是最好的敷粉和装点,微笑可以传达比所有的语言更丰富的善意与温暖。有人觉得微笑很困难,以为是一个如何掌控面容的技术性问题,其实不然。不会笑的人,我总疑心是因为书读得不够广博和投入。

书是一座快乐的富矿,储存了大量的浓缩的欢愉因子,当你静夜抚卷的时候,那些因子如同香氛蒸腾,迷住了你的双眼,你眉飞色舞,中了蛊似的笑了起来,独享其乐。也许有人说,我读书的时候,时有哭泣呢!哭,其实也是一种广义的微笑,因为灵魂在这一个瞬间舒展,尽情宣泄。告诉你一个小秘密:我大半生中的快乐累加一处,都抵不过我在书中得到的欢愉多。而这种欣悦,是多么地简便和利于储存啊,物美价廉重复使用,且永不磨损。

读书让我们知道了天地间很多奥秘,而且知道还有更多奥秘,不曾被人揭露,我们就不敢用目空一切的眼神睥睨天下。你在书籍里看到了无休无止的时间流淌,你就不敢奢侈,不敢口出狂言。自知是一切美好的基石。当你把他人的聪慧加上你自己的理解,恰如其分地轻轻说出的时候,你的红唇就比任何美丽色彩的涂抹,都更加光艳夺目。

你想美好吗?你就读书吧。不需要花费很多的金钱,但要花费很多的时间。坚持下去,持之以恒,优美就像五月的花环,某一天飘然而至,簇拥你颈间。

人生有三件事不能俭省

○ 在最好的时间里，求知问学，行走人生。

无论世界变得如何奢华，我还是喜欢俭省。这已经变得和金钱没有很密切的关系，只是一个习惯。我这样说，实在是因为俭省的机会其实很廉价，俯拾即是遍地滋生。比如不论牙膏管子多么丰满，但你只能在牙刷毛上挤出1.5到2厘米的膏条，而不是1尺长。因为你用不了那么多，你不能把自己的嘴巴变成螃蟹聚会的洞穴。再比如无论你坐拥多少橱柜的衣服，当暑气蒸人的时候，你只能穿一件纯棉的T恤衫。如果把貂皮大衣捂在身上，轻者长满红肿热痛的痱毒，重了就会中暑倒地一命呜呼。俭省比奢华要容易得多，是偷懒人的好伴侣——用最直截了当的方式和最小的花费直抵目标。

然而有三件事你不能俭省。

第一件事是学习。学习是需要费用的，就算圣人孔子，答疑解惑也要收干肉为礼。学习费用支出的时候，和买卖其他货物略有不同。你不知道究竟能得到多少知识，这不单决定于老师的水平，也决定于你自己的状态。这在某种情况下就有点隔山买牛的味道，甚至比股票的风险还大。谁也不能保证你在付出了学费之后一定能考上大学，你只能先期投入。机遇是牵着婚纱的小童，如果你不学习，新娘就永远不会出现在你人生的殿堂。

第二件事是旅游。每个人出生的时候都是蝌蚪，长大了都变作井底之蛙。这不是你的过错，只是你的限制，但你要想法弥补。要了解世界，必须到远方去。旅游是需要花钱的，谁都知道。旅游的好处却不是一眼就能看到的，常常需要日积月累潜移默化地蓄积。有人以为旅游只是照一些相片买一些小小的工艺品，其实不然。旅行让我们的身体感悟到不同的风和水，我们的头脑也在不同风情的滋养下变得机敏和多彩。目光因此老辣，谈吐因此谦逊。

第三件事是锻炼身体。古代的人没有专门锻炼身体的习惯，饥一顿饱一顿全无赘肉。生存的需要逼得他们不停奔跑狩猎，闲暇的时候就装神弄鬼，在岩壁上凿画，在篝火边跳舞，都不是轻体力劳动，积攒不下多余的卡路里。社会进步了，物质丰富了，用不完的热量成了我们挥之不去的负担。于是要人为地在机器上跋涉，在充满氯气的池子里浮沉，在人造的雪花和冰面上打滚，在矫揉造作的水泥峭壁上攀爬……这真是愚蠢的奢侈啊，可我们没有办法，只有不间断地投入金钱，操练贫瘠的肌肉和骨骼，以保持最起码的力量和最基本的敏捷。

有没有省钱的方法呢？其实也是有的。把人生当作课堂，向一切人学习，就省了上学的钱。徒步到远方去，就省了旅游的钱。不用任何健身器械，就在家里踢毽子高抬腿做广播体操……就省了健身的钱。

然而，这也是破费，因为我们付出了时间。

教养的证据

○ 繁衍在骨髓里的教养，愿你我都有。

教养是个高频词。时下，如果说某人没教养，就是大批评大贬义了。如果说一个女人没教养，简直就如同说她是三陪小姐了。什么叫教养呢？辞典上说是"文化和品德的修养"，但我更愿意理解为"因教育而养成的优良品质和习惯"。

一个人可以受过教育，但他依然是没有教养的。就像一个人可以不停地吃东西，但他的肠胃不吸收，竹篮打水一场空，还是骨瘦如柴。不过这话似乎不能反过来说——一个人没有受过系统的教育，他却能够很有教养。

教养不是天生的。一个小孩子如果没有人教给他良好的习惯和有关的知识，他必定是愚昧和粗浅的。当然，这个"教"是广义的，除了指入学经师，也包括家长的言传身教和环境的耳濡目染。

教养和财富一样，是需要证据的。你说你有钱不成，得拿出一个资产证明。教养的证据不是你读过多少书，家庭背景如何显赫，也不是你通晓多少礼节规范，能够熟练使用刀叉会穿晚礼服……这些仅仅是一些表面的气泡，最关键的证据可能有如下若干。

热爱大自然。把它列为有教养的证据之首，是因为一个不懂得敬畏大自然，不知道人类渺小的人，必是井底之蛙，与教养谬之千里。这也许怪不得他，因为如果不经教育，一个人是很难自发地懂得宇宙之大和人类的微薄的。没有相应的自然科学知识，人除了显得蒙昧和狭隘以外，注定也是盲目傲慢的。之所以从小就教育孩子要爱护花草，正是这种伟大感悟的最基本的训练。若是看到一个成人野蛮地攀折林木，通常人们就会毫不迟疑地评判道——这个人太没有教养了。可见教养和绿色是紧密地联系在一起。懂得与自然协调地相处，懂得爱护无言的植物的人，推而广之，他多半也可能会爱惜更多的动物，爱护自己的同类。

一个有教养的人，应该能够自如地运用公共的语言，表达自己的内心和同他人交流，并能妥帖地付诸文字。我所说的公共语言，是指大家——从普通民众到知识分子都能理解的清洁和明亮的语言，而不是某种狭窄的土语俚语或者某种特定情境下的专业语言。这个要求并非画蛇添足，在这个千帆竞发的时代，太多的人，只会说他那个行业的内部语言，只会说机器仪器能听懂的语言，却不懂得和人亲密地交流。这不是一个批评，而是一个事实。和人的交流的掌握，特别是和陌生人的沟通，通常不是自发产生的，是要通过学习和练习来获得的。一个没有受过教育的人，他所掌握的词汇是有限和贫乏的，除了描绘自己的生理感受，比如饿了、渴了、睡觉以及生殖的欲望之外,他们对于自己的内心感知甚为模糊,因为那些描述内心感受的词汇,通常是抽象和长于比兴的。不通过学习,难以明确恰当地将它表达出来。那些虽然拥有一技之长,但无法精彩地运用公共语言这种神圣的媒介,来沟通和解读自我心灵的人,难以算是一个有教养的人。技术是用来谋生的,而仅仅具有谋生的本领是不够的,就像豺狼也会自发地猎取食物一样,那是近乎无需教育也可掌握的本能。而人,毫无疑问地应比豺狼更高一筹。

一个有教养的人,对历史有恰如其分的了解,知道身而为人,我们走过了怎样曲折的道路。当然,教养并不能使每个人都像历史学家那样博古通今,但是教养却能使一个有思考爱好的人,知晓我们是从哪里来,要到哪里去。教养通过历史,使我们不单活在此时此刻,也活在从前和以后,如同生活在一条奔腾的大河里,知道泉眼和海洋的方向。

一个有教养的人,除了眼前的事物和得失以外,他还会不由自主地想到他远大的目标。教养把人的注意力拓展了,变得宏大和光明。每一个个体都有沉没在黑暗峡谷的时刻,当你跋涉和攀援中,虽然伤痕累累,因为你具有的教养,确知时间是流动的,明了暂时与永久。相信在遥远的地方,定有峡谷的出口,那里有瀑布在轰鸣。

一个有教养的人,特别是女人,对自己的身体,有着亲切的了解和珍惜之情。知道它们各自独有的清晰的名称，明了它们是精致和洁净的，身体的每一部分都有着不可替代的功能，并无高低贵贱的区别。他知道自己的快乐和满足，有很大的一部分是建筑在这些功能灵敏的感知上和健全的完整上的。他也毫无疑义地知道，他的大脑是他的身体的主宰。他不会任由他的器官牵制他的所作所为，他是清醒和有驾驭力的。他在尊重自己身体的同时，也尊重他人的身体。在尊重自我的权利的同时，也尊重他人的权利。在驰骋自我意志的骏马时，也精心维护着他人的茵茵草地。

一个有教养的人，对人类种种优秀的品质，比如忠诚、勇敢、信任、勤勉、互助、舍己救人、临危不惧、吃苦耐劳、坚贞不屈……充满敬重敬畏敬仰之心。不一定每一个人都能够身体力行，但他们懂得爱戴和歌颂。人不是不可以怯懦和懒惰，但他不能把这些陋习伪装成高风亮节，不能由于自己做不到高尚，就诋毁所有做到了这些的人是伪善。你可以跪在泥里，但你不可以把污泥抹上整个世界的胸膛，并因此煞有介事地说到处都是污垢。

有教养的人知道害怕，知道害怕是件有意义有价值的事情。它表示明了自己的限制，知道世上有一些不可逾越的界限。知道世界上有阳光，阳光下有正义的惩罚。由于害怕正义的惩罚，因而约束自我，是意志力坚强的一种体现。

有教养的人知道仰视高山和宇宙，知道仰视那些伟大的发现和人格，知道对于自己无法企及的高度表达尊重，而不是糊涂地闭上眼睛或是居心叵测地嘲讽。

教养是不可一蹴而就的。教养是细水长流的。教养是可以遗失也可以捡拾起来的。教养也具有某种坚定的流传和既定的轨道性。教养是一些习惯的总和，在某种程度上，教养不是活在我们的皮肤上，是繁衍在我们的骨髓里。教养和遗传几乎是不相关的，是后天和社会的产物。教养必须要有酵母，在潜移默化和条件反射的共同烘烤下，假以足够的时日，才能自然而然地散发出香气。教养是衡量一个民族整体素质的一张 X 光片子。脸面上可以依靠化妆繁花似锦，但只有内在的健硕，才经得起冲刷和考验，才是力量的象征。

精神的三间小屋

○ 求一颗大心，盛得下喜怒，输得出力量。

面对那句——人的心灵，应该比大地、海洋和天空都更为博大的名言，自惭形秽。我们难以拥有那样雄浑的襟怀，不知累积至那种广袤，须如何积攒每一粒泥土、每一朵浪花、每一朵云霓。

甚至那句恨不能人人皆知的中国古话——宰相肚里能撑船，也让我们在敬仰之余，不知所措。也许因为我们不过是小小的草民，即便怀有效仿的渴望，也终是可望而不可即，便以位卑宽宥了自己。

两句关于人的心灵的描述，不约而同地使用了空间的概念。人的肢体活动，需要空间。人的心灵活动，也需要空间。那容心之所，该有怎样的面积和布置？

人们常常说，安居才能乐业。如今的城里人一见面，就问，你是住两居室还是三居室啊？……喔，两居室窄巴点，三居室虽说并不富余，也算小康了。

身体活动的空间是可以计量的，心灵活动的疆域，是否也可有个基本达标的数值？

有一颗大心，才盛得下喜怒，输得出力量。于是，宜选月冷风清竹木萧萧之处，为自己的精神修建三间小屋。

第一间，盛着我们的爱和恨。

对父母的尊爱，对伴侣的情爱，对子女的疼爱，对朋友的关爱，对万物的慈爱，对生命的珍爱……对丑恶的仇恨，对污浊的厌烦，对虚伪的憎恶，对卑劣的蔑视……这些复杂而对立的情感，林林总总，会将这间小屋挤得满满，间不容发。你的一生，经历过的所有悲欢离合喜怒哀乐，仿佛以木石制作的古老乐器，铺陈在精神小屋的几案上，一任岁月飘逝。在某一个金戈铁血之夜，它们会无师自通，与天地呼应，铮铮作响。假若爱比恨多，小屋就光明温暖，像一座金色池塘，有红色的鲤鱼游弋，那是你的大福气。假如恨比爱多，小屋就阴风惨惨，厉鬼出没，你的精神悲戚压抑，形销骨立。如果想重温祥和，就得净手焚香，洒扫庭除，销毁你的精神垃圾，重塑你的精神天花板，让一束圣洁的阳光，从天窗洒入。

无论一生遭受多少困厄欺诈，请依然相信人类的光明大于暗影。哪怕是只多一个百分点呢，也是希望永恒在前。所以，在布置我们的精神空间时，给爱留下足够的容量。

第二间小屋，盛放我们的事业。

一个人从二十五岁开始做工，直到六十岁退休，他要在工作岗位上度过整整三十五年的时光。按一日工作八小时，一周工作五天，每年就要为你的职业付出两千个小时。倘若一直干到退休，那就是七万个小时。在这个庞大的数字面前，相信大多数人都会始于惊骇终于沉思。假如你所从事的工作，是你的爱好，这七万个小时，将是怎样快活和充满创意的时光！假如你不喜欢它，漫长的七万个小时，足以让花容磨损日月无光，每一天都如同穿着淋湿的衬衣，如芒在身。

我不晓得一下子就找对了行业的人，能占多大比例？从大多数人谈到工作时乏味麻木的表情推算，估计这样的幸运儿不多。不要轻觑了事业对精神的濡养或反之的腐蚀作用，它以深远的力度和广度，挟持着我们的精神，以成为它麾下持久的人质。

适合你的事业，不靠天赐，主要靠自我寻找。这不但是因为相宜的事业，并非像雨后白桦林的菌子一样，俯拾即是，而且因为我们对自身的认识，也是抽丝剥茧，需要水落石出的流程。你很难预知，将在十八岁还是四十岁甚至更沧桑的时分，才真正触摸到倾心的爱好。当我们太年轻的时候，因为尚无法真正独立，受种种条件的制约，那附着在事业外壳上的金钱地位，或是其他显赫的光环，也许会灼晃了我们的眼睛。当我们有了足够的定力，将事业之外的赘生物一一剥除，露出它单纯可爱的本质时，可能已耗费半生。然费时弥久，精神的小屋，也定须住进你所爱好的事业。否则，鸠占鹊巢，李代桃僵，那屋内必是鸡飞狗跳，不得安宁。

我们的事业，是我们的田野。我们背负着它，播种着，耕耘着，收获着，欣喜地走向生命的远方。规划自己的事业生涯，使事业和人生，呈现缤纷和谐相得益彰的局面，是第二间精神小屋优雅的要诀。

第三间，安放我们自身。

这好像是一个怪异的说法。我们自己的精神住所，不住着自己，又住着谁呢？

可它又确是我们常常犯下的重大失误——在我们的小屋里，住着所有我们认识的人，唯独没有我们自己。我们把自己的头脑，变成他人思想汽车驰骋的高速公路，却不给自己的思维，留下一条细细的羊肠小道。我们把自己的头脑，变成搜罗最新信息网罗八面来风的集装箱，却不给自己的发现，留下一个小小的储藏盒。我们说出的话，无论声音多么嘹亮，都是别的喉咙嘟囔过的。我们发表的意见，无论多么周全，都是别的手指圈画过的。我们把世界万物保管得好好的，偏偏弄丢了开启自己的钥匙。在自己独居的房屋里，找不到自己曾经生存的证据。

如果真是那样，我们精神的小屋，不必等待地震和潮汐，在微风中就悄无声息地坍塌了。它纸糊的墙壁化为灰烬，白雪的顶棚变作泥泞，露水的地面成了沼泽，江米纸的窗棂破裂，露出惨淡而真实的世界。你的精神，孤独地在风雨中飘零。

三间小屋，说大不大，说小不小。非常世界，建立精神的栖息地，是智慧生灵的义务，每人都有如此的权利。我们可以不美丽，但我们健康。我们可以不伟大，但我们庄严。我们可以不完满,但我们努力。我们可以不永恒,但我们真诚。

当我们把自己的精神小屋建筑得美观结实,储物丰富之后,不妨扩大疆域,增修新舍。矗立我们的精神大厦,开拓我们的精神旷野。因为,精神的宇宙,是如此的辽阔啊。

我的五样

○ 学会断舍离，才能找到生命中的重中之重。

老师出了题目——写下"你生命中最宝贵的五样东西"，我拿着笔，面对一张白纸，周围一下静寂无声。万物好似缩微成超市货架上的物品，平铺直叙摆在那里，等待你手挑选。货筐是那样小而致密，世上的林林总总，只有五样可以塞入。

也许是当过医生的缘故，片刻的斟酌之后，我本能地挥笔写下：空气、水、太阳……

这当然是不错的。你不可能设想在一个没有空气和水的星球上，滋长出如此斑斓多彩的生命。但我很快发现自己陷入了困境——如果继续按照医学的逻辑推下去，马上就该写下心脏和气管，它们对于生命之泵也是绝不可缺的零件。结果呢，我的小筐子立马就装满了，五项指标，额度用尽。想想那答案的雏形将是：我生命中最宝贵的东西——空气、水、阳光、气管、心脏……哈！充满了科普意味。

如此写下去，恐有弊病。测验的功能，是辅导我们分辨出什么是自我生命中最重要的因子，以致面临人生的重大选择和丧失时，会比较地镇定从容，妥帖地排出轻重缓急。而我的答案，抽象粗放，大而化之，缺乏甄别和实用性。

改弦易辙。我决定在水、空气和阳光三要素之后，写下对我个人更为独特和生死攸关的因子。

于是，第四样——鲜花。

真有些不好意思啊。挂着露滴的鲜花，那样娇弱纤巧，似乎和庄严的题目开了一个玩笑。但我真是如此挚爱它们，觉得它们美轮美奂，不可或缺。绚烂的有刺的鲜花，象征着生活的美好和无可回避的艰难，愿有一束火红的玫瑰，伴我到天涯。

写下鲜花之后，仅剩一样挑选的余地了。刹那间，无数声音充斥耳鼓，聒噪地申诉着自己的不可替代性，想在最后一分钟，挤进我珍贵的小筐。

偷着觑了一眼同学们的答案，不禁有些惶然。

有人写下："父母"。我顿觉自己的不孝。是啊，对于我的生命来说，父母难道不是极为宝贵的因素吗？且不说没有他们哪来的我，单是一想到他们会先我而去，等待我的是生离死别，永无相见，心就极快地冰冷成坨。

有人写下："孩子"。我惴惴不安，甚至觉得自己负罪在身。那个幼小的生命，与我血脉相连。我怎能在关键的时刻，将他遗漏？

有人写下："爱人"。我便更惭愧了。说真的，在刚才的抉择过程中，几乎将他忘了。或许因为潜意识里，认为在未曾识得他之前，我的生命就已存许久。我们也曾有约，无论谁先走，剩下的那人都要一如既往地好好活着。既然当初不是同月同日生,将来也难得同月同日死,彼此已商定不是生命的必需,未进提名,也有几分理由吧?

正不知将手中的孤球,抛向何处,老师一句话救了我。她说,这生命中最宝贵的东西,不必从逻辑上思索推敲是否成立,只需是你情感上的真爱即可。

凝神再想。

略一顿挫之后,拟写"电脑"。因为基本上已不用笔写作,电脑便成了我密不可分的工作伴侣。落笔之际我凝思,电脑在此处,并不只是单纯的工具,当是一种象征,代表我挚爱的劳动和神圣的职责。很快又联想到电脑所受制约较多,比如停电或是病毒入侵,都会让我无所依傍。唯有朴素的笔,虽原始简陋,却可朝夕相伴,风雨兼程。

于是洁白的纸上,记下了我生命中最宝贵的五样东西——水、阳光、空气、鲜花和笔(未按笔画为序,排名不分先后)。

同学们嘻嘻笑着,彼此交换答案。一看之后,却都不做声了。我吃惊地发现,每人的物件,万千气象,绝不雷同,有些简直让人瞠目结舌。比如某男士的"足球",某女士的"巧克力",在我就大不以为然。但老师再三提示,不要以自己的观点去衡量他人,于是不露声色。

接下来,老师说,好吧,每个人在你写下的五样当中,划去相对不那么重要的一样，只剩下四样。

权衡之后，我在五样中的"鲜花"一栏旁边，打了一个小小的"X"，表示在无奈的选择当中，将最先放弃清丽芬芳的它。

老师走过来看到了，说，不能只是在一旁做个小记号，放弃就意味着彻底的割舍。你必得用笔把它全部涂掉。

依法办了，将笔尖重重刺下。当鲜花被墨笔腰斩的那一刻，顿觉四周惨失颜色，犹如本世纪初叶的黑白默片。我拢拢头发咬咬牙，对自己说，与剩下的四样相比，带有奢侈和浪漫情调的鲜花，在重要性上毕竟逊了一筹，舍就舍了吧。虽然花香不再，所幸生命大致完整。

请将剩下的四类当中，再剔去一种，仅剩三样。老师的声音很平和，却带有一种不容商榷的断然压力。

我面对自己的纸，犯了难。阳光、水、空气和笔……删掉哪样是好？思忖片刻，提笔把"水"划去了。从医学知识上讲，没有了空气，人只能苟延残喘几分钟，没有了水，在若干小时内尚可坚持。两害相权取其轻吧。

也许女人真是水做的骨肉，"水"一被勾销，立觉喉咙苦涩，舌头肿痛，心也随之焦躁成灰，人好似成了金字塔里的木乃伊。

我已经约略猜到了老师的程序，便有隐隐的痛楚弥漫开来。不断丧失的恐惧，化作乌云大兵压境。痛苦的抉择似一条苦难巷道，弯弯曲曲伸向远方。

果然，老师说，继续划去一样，只剩两样。

这时教室内变得很寂静，好似荒凉的墓冢。每个人都在冥思苦想举棋不定。我已顾不得探查他人的答案，面对着自己人生的白纸，愁肠百结。

笔、阳光、空气……何去何从？

闭起眼睛一跺脚，我把"空气"划去了。

刹那间好像有一双阴冷的鹰爪，丝丝入扣地扼住我的咽喉。手指发麻，眼冒金星，心擂如鼓，气息摒室……

我曾在海拔五千多米的冰山上攀援绝壁，缺氧的滋味撕心裂肺。无论谁隔绝了空气，生命便飘然而逝。一切只能成为哲学意义上的讨论。

好了，现在再划去一样，只剩下最后一样。老师的音调很温和，但执着坚定，充满决绝。对已是万般无奈之中的我们，此语一出，不啻惊雷。

教室内已经有轻轻的哭泣声。人啊，面临丧失，多么软弱苦楚。即使只是一种模拟，已使人肝肠寸断。

笔和阳光。它们在纸上誓不两立地注视着我，陷我于深重的两难。

留下太阳吧——心灵深处在反复呼唤。妩媚温暖，明亮洁净，天地一派光明。玫瑰花会重新开放，空气和水将濡养而出，百禽鸣唱，欢歌笑语。曾经失去的一切，都会在不知不觉当中悄然归来。纵使除了阳光什么也没有，也可以在沙滩上直直地卧晒太阳哇。

想到这里,心的每一个角落,都金光灿灿起来。

只是,我在哪里?在干什么?

我看到自己孤独的身影,在海边寂寞的椰子树下拉长缩短,百无聊赖,孤独地看日出日落,听潮涨潮消。

那生命的存在,于我还有怎样的意义?!我执着地扬起头来问天。

天无语。

自问至此,水落石出。我慢而稳定地拿起笔,将纸上的"阳光"划掉了。

偌大一张纸,在反复勾勒的斑驳墨迹中,只残存下来一个固守的字——"笔"。

这种充满痛苦和抉择的测验,像一个渐渐缩窄的闸孔,将激越的水流凝聚成最后的能量,冲刷着我们纷繁的取向。当那通道变得一夫当关,万夫莫开之时,生命的重中之重,就简洁而挺拔地凸立了。

感谢这一过程,让我清晰地得知什么是我生命中的真爱——就是我手中的这支笔啊。它噗噗跳动着,击打着我的掌心,犹如我的另一颗心脏,推动我的一腔热血、四肢百骸。突然发现周围万籁无声。人们在清醒地选择之后,明白了自己意志的支点,便像婴儿一般,单纯而明朗的宁静了。

我细心地收起这张白纸,一如珍藏一张既定的船票。知道了航向和终点,剩下的就是帆起桨落战胜风暴的努力了。

第八章

脚下有路,心中有光

感动是一种能力

○ 在感动中耳濡目染，逼近那些曾经感动过我们的灵魂。

感动在词典上的意思是——"思想感情受外界事物的影响而激动，引得同情或向慕。"

虽然我对这本辞典抱有崇高的敬意，依然认为这种说法不够精准，甚至有点词不达意。

难道感动是如此狭窄，只能将我们引向同情或是向慕的小道吗？

这对"感动"来说，似乎不全面不公平吧？

感动比这要丰饶得多，辽阔得多，深邃得多啊！

感动最望文生义最平直的解释就是——感情动起来了。

你的眼睛会蒸腾出温热的霞光，你的听觉会察觉远古的微响，你的内心像有一只毛茸茸的小松鼠越过，它纤细而奔跑的影子惊扰你思维的树叶久久还在曳动。你的手会不由自主地出汗，好像无意中捡到了天堂的房卡，你的足弓会轻轻地弹起，似乎想如赤脚的祖先一般迅跑在高原。

感动的来源是我们的感官，眼耳鼻舌身加上触觉和视觉。

如果封闭了我们的感官，就戮杀了感动的根，当然也就看不到感动的花和感动的果了。感官是一群懒惰的小精灵，同样的事物经历多了，感官就麻痹松懈了。

现代社会五光十色瞬息万变，感官更像被塞进太多脂肪的孩子，变得厌食和疲塌。如今人渐渐丧失了感动的能力，感动闪现的瞬间越来越短，感动扩散的涟漪越来越淡。因为稀缺，感动变成了奢侈品。很多人无法享受感动，于是他们反过来讥讽感动，谄笑感动，把感动和理性对立起来，将感动打入盲目和幼稚的泥沼之中。

感动是一种幸福。在物欲横流的尘垢中，顽强闪现着钻石的瑰彩。当我们为古树下的一株小草决不自惭形秽，而是昂首挺胸成长而感动的时刻，其实我们想到的是人的尊严。

我上小学的时候，在一次考试中，得到了有生以来最差的分数。万念俱灰之时，我看到一只蜘蛛锲而不舍地在织补它残破的网。它已经失败了三次，一次是因为风，一次是因为比它的网要凶猛百倍的鸟，第三次是因为我恶作剧的手。蜘蛛把它的破坏者感动了，风改了道，鸟儿不再飞过，我把百无聊赖的手握成了拳。我知道自己可以如同它那样，用努力和坚韧弥补天灾人祸，重新纺出梦想。

我也曾在藏北高原仰望浩渺星空而泪流满面，一种博大的感动类似天毯，自九天而下裹胁全身。银河如此浩瀚，在我浅淡生命之前无数年代，它们就已存在，在我生命之后无数年代，它们也依然存在。那么，我的存在又有什么意义呢？在这个惶然的瞬间，我被存在而感动，决心要对得起这稍纵即逝的生命。

我喜欢常常感动的女人，不论那感动我们的起因，是一瓣花还是一滴水，是一个旋动的笑颜还是一缕苍老的白发，是一本举足轻重的证书还是片言只语的旧笺。

引发感动的导火索，也许举不胜举，可以有形，也可以是无所不在的氛围和若隐若现的天籁。感动可以骑着任何颜色的羽毛，在清晨或是深夜，不打招呼地就进入了心灵的客厅，在那里和我们的灵魂倾谈。

珍惜我们的感动，就是珍惜了生命的零件。

在感动中我们耳濡目染，不由自主地逼近那些曾经感动过我们的灵魂。

也许有一天，我们也在无意间成了感动的小小源头，淙淙地流向了另一个渴望感动的双眸。

常常爱惜

○ *爱惜是薄而透明的温情。*

拾起一穗遗落在秋天原野上的麦芒时,我们心中会涌起一种情感……

当水龙头正酝酿着滴落一颗椭圆形的水珠,一只手紧紧拧住闸门时,我们心中会涌起一种情感……

当凝望宝蓝的天空因为浓雾而浑浑噩噩时,我们心中会涌起一种情感……

当注视到一个正义的人无力捍卫自己的尊严,孤苦无助的时候,我们心中会涌起一种情感。

人类将这种痛而波动的感觉命名为——爱惜。

我们读这两个字的时候,通常要放低了声音,徐徐地从肺腑最柔软的孔腔吐出,怕惊碎了这薄而透明的温情。

爱惜的大前提是,爱。爱是人类一种最珍贵的体验,它发源于深刻的本能和绵绵的眷恋。爱先于任何其他情感,轻轻沁入婴儿小而玲珑的心灵。爱那给予生命的母亲,爱那清冷的空气和滑润的乳汁,爱温暖的太阳和柔和的抚爱,爱飞舞的光影和若隐若现的乐声……

爱惜的土壤是喜欢。当我们喜欢某种东西的时候，就希冀它的长久和广大，忧郁它的衰减和短暂。当我们对喜爱之物，怀有难以把握的忧虑时，吝啬是一个常会首选的对策。我们会俭省珍贵的资源，我们会珍爱不可重复的时光，我们会制造机会以期重享愉悦，我们会细水长流反复咀嚼快乐。

于是，爱惜就在不知不觉中发生了。

当我们爱惜的时候，保护的勇气和奋斗的果敢也同时滋生，真爱，需用生命护卫，真爱，就会义无反顾。没有保护的爱惜，是一朵无蕊的鲜花，可以艳丽，却断无果实。没有爱惜保护，是粗粝和逼人的威迫，是强权而不是心心相印。

爱惜常常发生。在我们不经意的时候，打湿眼帘。

爱惜好比一只竹篮。随着人生的进步，它越编越大了，盛着人自身，盛着绿色，盛着地球上所有的物种，盛着天空和海洋。

青虫之爱

○ 母爱是战胜本能、战胜恐惧的力量。

我有一位闺中好友,从小怕虫子。不论什么品种的虫子都怕。披着蓑衣般茸毛的洋辣子,不害羞地裸着体的吊死鬼,一视同仁地怕。甚至连雨后的蚯蚓,也怕。放学的时候,如果恰好刚停了小雨,她就会闭了眼睛,让我牵着她的手,慢慢地在黑镜似的柏油路上走。我说,迈大步!她就乖乖地跨出很远,几乎成了体操动作上的"劈叉",以成功地躲避正蜿蜒于马路的软体动物。在这种瞬间,我可以感受到她的手指如青蛙腿般弹着,不但冰凉,还有密集的颤抖。

大家不止一次地想法治她这毛病,那么大的人了,看到一个小小毛虫,哭天抢地的,多丢人啊!早春天,男生把飘落的杨花坠,偷偷地夹在她的书页里。待她走进教室,我们都屏气等着那心惊肉跳的一喊,不料什么声响也未曾听到。她翻开书,眼皮一翻,身子一软,就悄无声息地瘫到桌子底下了。

从此再不敢锻炼她。

许多年过去,各自都成了家,有了孩子。一天,她到我家中做客,我下厨,她在一旁帮忙。我摘青椒的时候,突然从蒂旁钻出一条青虫，胖如蚕豆，背上还长着簇簇黑刺，好一条险恶的虫子。因为事出意外，怕那虫蜇人，我下意识地将半个柿子椒像着了火的手榴弹扔出老远。

待柿子椒停止了滚动，我用杀虫剂将那虫子扑死，才想起酷怕虫的女友，心想刚才她一直目不转睛地和我聊着天，这虫子一定是入了她的眼，未曾听到她惊呼，该不是吓得晕厥过去了吧？

回头寻她，只见她神态自若地看着我，淡淡说，一个小虫，何必如此慌张。

我比刚才看到虫子还愕然地说，啊，你居然不怕虫子了？吃了什么抗过敏药？

女友苦笑说，怕还是怕啊。只是我已经能练得面不改色，一般人绝看不出破绽。刚开始的时候，我就盯着一条蚯蚓看，因为我知道它是益虫，感情上接受起来比较顺畅。再说，蚯蚓是绝对不会咬人的，安全性能较好……这样，慢慢举一反三，现在我无论看到有毛没毛的虫子，都可以把惊恐压制在喉咙里。

我说，为了一个小虫子，下这么大的功夫，真有你的。值得吗？

女友很认真地说，值得啊。你知道我为什么怕虫子吗？

我撇撇嘴说，我又不是你妈，我怎么会知道啊！

女友拍着我的手说，你可算说到点子上了，怕虫就是和我妈有关。我小的时候，是不怕虫子的。有一次妈妈听到我在外面哭，急忙跑出去一看，我的手背又红又肿，旁边一条大花毛虫正在缓缓爬走。我妈知道我叫虫蜇了，赶紧往我手上抹牙膏，那是老百姓止痒解毒的土法。以后，她只要看到我的身旁有虫子，就大喊大叫地吓唬我……一来二去的，我就成了条件反射，看到虫子，真魂出窍。

后来如何好的呢？我追问。依我的医学知识，知道这是将一个刺激反复强化，最后，女友就成了巴甫洛夫教授的案例，每一次看到虫子，就恢复到童年时代的大恐惧中。世上有形形色色的恐惧症，有的人怕高，有的人怕某种颜色，我曾见过一位女士，怕极了飞机起飞的瞬间，不到万不得已，她是绝不搭乘飞机的。一次实在躲不过，上了飞机。系好安全带后，她骇得脸色刷白，飞机开始滑动，她竟号啕痛哭起来……中国古时的"一朝被蛇咬，十年怕井绳"说的也是这回事。只不过杯弓蛇影的起因，有的人记得，有的人已遗忘在潜意识的晦暗中。在普通人看来是微不足道的小事，对当事人来说，痛苦煎熬，治疗起来十分困难。

女友说，后来有人要给我治，说是用"逐步脱敏"的办法。比如先让我看虫子的画片，然后再隔着玻璃观察虫子，最后直接注视虫子……

原来你是这样被治好的啊！我恍然大悟道。

嗨！我根本就没用这个法子。我可受不了，别说是看虫子的画片了，有一次到饭店吃饭，上了一罐精致的补品。我一揭开盖，看到那漂浮的虫草，当时就把盛汤的小罐摔到地上了……朋友抚着胸口，心有余悸地讲着。

我狐疑地看了看自家的垃圾桶，虫尸横陈，难道刚才女友是别人的胆子附体，才如此泰然自若？我说，别卖关子了，快告诉我你是怎样重塑了金身？

女友说，别着急啊。听我慢慢说。有一天，我抱着女儿上公园，那时她刚刚会讲话。我们在林荫路上走着，突然她说，妈妈……头上……有……她说着，把一缕东西从我的发上摘下，托在手里，邀功般地给我看。

我定睛一看，魂飞天外，一条五彩斑斓的虫子，在女儿的小手内，显得狰狞万分。

我第一个反应是像以往一样昏倒，但是我倒不下去，因为我抱着我的孩子。如果我倒了，就会摔坏她。我不但不曾昏过去，神志也是从没有的清醒。

第二个反应是想撕肝裂胆地大叫一声。因为你胆子大，对于惊叫在恐惧时的益处可能体会不深。其实能叫出来极好，可以释放高度的紧张。但我立即想到，万万叫不得。我一喊，就会吓坏了我的孩子。于是我硬是把喷到舌尖的惊叫咽了下去，我猜那时我的脖子一定像吃了鸡蛋的蛇一样，鼓起了一个大包。

现在，一条虫子近在咫尺。我的女儿用手指抚摸着它，好像那是一块冷冷的斑斓宝石。我的脑海迅速地搅动着。如果我害怕，把虫子丢在地上，女儿一定从此种下了虫子可怕的印象。在她的眼中，妈妈是无所不能无所畏惧的，如果有什么东西把妈妈吓成了这个样子，那这东西一定是极其可怕的。

我读过一些有关的书籍，知道当年我的妈妈，正是用这个办法，让我一生对虫子这种幼小的物体骇之入骨。即便当我长大之后，从理论上知道小小的虫子只要没有毒素，实在值不得大惊小怪，但我的身体不服从我的意志。我的妈妈一方面保护了我，一方面用一种不恰当的方式，把一种新的恐惧，注入到我的心里。如果我大叫大喊，那么，这根恐惧的链条，还会遗传下去。不行，我要用我的爱，将这铁环砸断。

我颤颤巍巍伸出手，长大之后第一次把一只活的虫子，捏在手心，翻过来掉过去地观赏着那虫子，还假装很开心地咧着嘴，因为——女儿正在目不转睛地看着我呢！

虫子的体温，比我的手指要高得多，它的皮肤有鳞片，鳞片中有湿润的滑液一丝丝渗出，头顶的茸毛在向不同的方向摆动着，比针尖还小的眼珠机警怯懦……

女友说着，我在一旁听得毛骨悚然。只有一个对虫子高度敏感的人，才能有如此令人震惊的描述。

女友继续说，那一刻，真比百年还难熬。女儿清澈无瑕的目光笼罩着我，在她面前，我是一个神。我不能有丝毫的退缩，我不能把我病态的恐惧传给她……

不知过了多久，我把虫子轻轻地放在了地上。我对女儿说，这是虫子。虫子没什么可怕的。有的虫子有毒,你别用手去摸。不过,大多数虫子是可以摸的……

那只虫子,就在地上慢慢地爬远了。女儿还对它扬扬小手,说:"拜……"

我抱起女儿,半天一步都没有走动。衣服早已被粘粘的汗浸湿。

女友说完,好久好久,厨房里寂静无声。我说,原来你的药,就是你的女儿给你的啊。

女友纠正道,我的药,是我给我自己的,那就是对女儿的爱。

非血之爱

○ 爱一个和你没有血缘关系的人，是对美与永恒的无倦追索。

爱，有无数种分类法。我以为最简明的是——以血为界。

一种是血缘之爱，比如母亲之爱亲子，儿子之爱父亲，扩展至子孙爱姥姥姥爷爷爷奶奶，亲属爱表兄表弟堂姐堂妹……甚至爱先人爱祖宗，都属于这个范畴。

还有一种爱在血外，姑且称为——非血之爱。比如，爱朋友，爱长官，爱下属，爱动物……最典型的是爱自己的配偶。

血缘之爱是无法选择的，你可以不爱，却不可能把某个成员从这条红链中剜除。一脉血缘在你诞生之前许久，已经苍老地盘绕在那里，贯穿悠悠岁月。血缘之爱既至高无上又无与伦比地沉重，也充满天然的机缘和命定的随意。它的基础十分简单，一种名叫"基因"的小密码，按照数学的规律递减着，稀释着，组合着，叠加着，遂成为世界上最神圣最博大的爱的基石。

非血之爱则要奇诡神秘得多。你我原本河海隔绝，天各一方，在某一个瞬间，突然结为一体，从此生死相依，难道不是人世间最司空见惯又最不可思议的偶然吗？无数神鬼莫测的巧合混杂其中，爱与恨泥沙俱下无以澄清。激情在其中孕育，伟大与卑微交织错落。精神与人格，在血之外的湖泊中遨游，搅起滔天雪浪，演出无数悲欢离合的故事……爱恋的光谱，比最复杂的银河外星系轨道，还难以预料。

血缘之爱使我们感知人间最初的温暖与光明，督我们成长，教我们成人。它是孤独人生与大千世界的脐带，攀援着它，我们一步步长大，最终挣脱它的羁绊，投入血外之爱，然后我们又回归，开始血缘之爱新的轮回。

血缘之爱是水天一色的淳厚绵长，非血之爱更多一见钟情的碰撞和千转百回的激荡。

血缘之爱有红色缆绳指引，有惊无险，经历误会挫折，多能化险为夷，曲径通幽。非血之爱全凭暗中摸索，更需心灵与胆魄相照，在苍茫荒原中，辟出人生携手共进的小径。非血之爱，使每个人思考与成长，比之循规蹈矩的血缘，更考验一个人的心智。

爱一个和你有血缘关系的人，是一种本能，一种幸福，一种责任，一种对天地造化的缠绵呼应。

爱一个和你没有血缘关系的人，是一种需要，一种渴望，一种智慧，一种对美与永恒的无倦追索。

我们的一生，屡屡在血与非血的爱中沐浴，因此而成长。

幸福的七种颜色

○ 只要你认真寻找，幸福比比皆是。

幸福应该有多少种颜色呢？

"说不清。"我回答。

大家听了可能有点迷糊，说："你自己既然不知道，为什么又曾说过幸福有七种颜色呢？"

在文化中，"七"这个数字有一点古怪。

欧洲人自古以来就格外钟情于"七"这个数字。最早的源头该是古希腊人，许多巧合都和"七"有关。希腊人认为自然界是由水、火、风、土四种元素组成的，而社会的基本细胞是家庭。把完整的家庭细分，是由父亲、母亲和孩子三方组成。再做一次加法，把自然和社会组成的世界统计一下，就有七种基本元素。古希腊人酷爱加法，认为世界的基本图形是正方形、三角形以及完美的圆形，毕达哥拉斯学派就是这一主张的坚定拥趸。你劳神把这些图形的角的数量加起来，哈！也是七。由于太多的东西与神秘的数字七有关，他们造七座坛、献七份祭、行七次叩拜之礼，什么都爱凑个七字。"七大主教""七大美德"，连罪也要数到"七宗罪"。当然，最著名的是神也喜欢七，于是一个星期是七天，第七天你可以休息。

七在佛教里面也是吉祥之数,有七宝、七层浮屠等。中华文化对七也颇有好感,《说文》里面说:"七,阳之正。"这个七啊,常为泛指,表明多的意思,又神秘又空灵。

托尔斯泰他老人家说,幸福的家庭都是相似的,唯有不幸的家庭,各有各的不幸。我当过多年的心理医生,觉得不幸的家庭都是相似的,唯有幸福的家庭却是各有各的不同。

你可能要说,这不是成心和托尔斯泰抬杠嘛!我还没有落到那种无事生非的地步。你想啊,只有香甜的味道,才可反复品尝,才能添加更多的美味在其中,让味蕾快乐起舞。比如椰蓉,比如可可,比如奶油……丰富的层次会让你觉得生活美好万象更新。如果那底味已是巨咸、巨苦、巨涩,任你再搁进多少冰糖多少香料都顷刻消解,那难耐难忍的味道依然所向披靡,让你除了干呕,再无良策。

早年间我在西藏阿里当兵,冬天大雪封山,零下几十度的严寒,断绝了和外界的一切联系,我们每日除了工作就是望着雪山冰川发呆。有一天,闲坐的女孩子们突然争论起来,求证一片黄连素的苦可以平衡多少葡萄糖的甜(由此可见,我们已多么百无聊赖)。一派说,大约500毫升5%的葡萄糖就可以中和苦味了。另外一派说,估计不灵。500毫升葡萄糖是可以的,只是浓度要提高,起码提到10%,甚至25%……争执不下,最后决定实地测查。

那时候，我们是卫生员，葡萄糖和黄连素乃手到擒来之物，说试就试。方案很简单，把一片黄连素用药钵细细磨碎了，先泡在浓度为5%的葡萄糖水里，大家分别来尝尝，若是不苦了，就算找到答案了。要是还苦，就继续向溶液里添加高浓度的葡萄糖，直到不苦了为止，然后计算比例。临到实验开始，我突然有些许不安。虽然小女兵们利用工作之便，搞到这两种药品都不费吹灰之力，但藏北到内地山路迢迢，关山重重，物品运送到阿里不容易啊，不应这样为了自己的好奇暴殄天物。黄连碎末混入到葡萄糖液里，整整一瓶原本可以输入血管救死扶伤的营养液就报废了。至于黄连素，虽不是特别宝贵的东西，能省也省着点吧。我说："咱缩减一下量，黄连素只用四分之一片，葡萄糖液也只用四分之一瓶，行不行呢？"

我是班长，大家挺尊重我的意见的，说："好啊。"有人想起前两天有一瓶葡萄糖，里面漂了个小黑点，不知道是什么杂物，不敢输入病人身体里面，现在用来做苦甜之战的试验品，也算废物利用了。

试验开始。四分之一片没有包裹糖衣的黄连素被碾成粉末（记得操作这一步骤的时候，搅动得四周空气都是苦的），兑到125毫升浓度为5%的葡萄糖水中。那个最先提出以这个浓度就可消解黄连之苦的女孩率先用舌头舔了舔已经变成黄色的液体。她是这一比例的倡导者，大家怕她就算觉得微苦，也要装出不苦的样子，损害试验的公正性,将信将疑地盯着她的脸色。没想到她大口吐着唾沫,连连叫着:"苦死了,你们千万不要来试,赶紧往里面兑糖……"我们为自己"以小人之心度君子之腹"感到羞惭,拿起高浓度的糖就往黄水里倒,然后又推举一个人来尝。这回试验者不停地咳嗽,咧着嘴巴吐着舌头说:"太苦了,啥都别说了,兑糖吧……"那一天,循环往复的场景就是女孩子们不断地往小半瓶微黄的液体里兑着葡萄糖,然后伸出舌尖来舔,顷刻抽搐着脸,大叫:"苦啊苦啊……"

直到糖水已经浓到了几乎要拉出粘丝,那液体还是只需一滴就会苦得让人打战。试验到此被迫告停,好奇的女兵们到底也没有求证出多少葡萄糖能够中和黄连的苦味。大家意犹未尽,又试着把整片的黄连泡进剩下的半瓶里去,趁着黄连还没有溶化,一口吞下,看看结果若何。这一次很快得到证明,没有溶化的黄连之苦,还是可以忍受的。

把这个试验一步步说出来,真是无聊至极。不过,它也让我体会到,即使你一生中一定会邂逅黄连,比如生活强有力地非要赐予你极困窘的境遇,比如你遭逢危及生命的重患必得要用黄连解救,比如……你都可以毫无惧色地吞咽黄连。毕竟,黄连是一味良药啊!只是,千万不要人为地将黄连碾碎,再细细品尝,敝帚自珍地长久回味。太多的人习惯珍藏苦难,甚至以此自傲和自虐,这种对苦难的持久迷恋和品尝,会毒化你的感官,会损伤你对美好生活的精细体察,还会让你歧视没有经受过苦难的人。这些就是苦难的副作用。苦的力量比甜的力量要强大得多,不要把黄连碾碎,不要让它嵌入我们的生活。

只要你认真寻找,幸福比比皆是。幸福不是一种颜色,也不是七种颜色,甚至也不是一百种颜色……幸福比所有这些相加还要多,幸福是无限的。

世界观与观世界

○ 趁年轻，去远方。

航行在大西洋上时，有一位日本女士找上门来，说很希望我能开设一个传授中文的自主企划。我说，好啊。本来以为自己天天说的就是中文，写的也是中文，教外国人说一些基础的中文，应该不是太大的问题。不过，真的着手准备起来，才发现事情并不简单。

首先，我们没有任何文字的资料可以发给学员们。

船上有教西班牙语的，有教韩语的，英语就更不用说了，天天高朋满座。他们都提前做了准备，不但有高级班、低级班的分类，还有各种层次的教材，相当正规。我是两手空空，这未免让未来的学生有点寒酸。也曾想过是不是编写点简易的教材，然后打印出来，聊胜于无。可船上所有纸张和印制都需收费，让学生们掏一笔不便宜的书费，好像也不相宜。

讨论起具体教什么课程的时候，大家也是七嘴八舌莫衷一是。有人说，当然是从"你好""再见"教起，这样以后船上充斥着中文打招呼的声音，满处乡音，岂不快意？有人立刻反驳说，凡是对中文感兴趣，并愿意在海上学习汉语的人，那就已不是一张白纸，早就会说"你好""再见"了，人家愿上提高班。这样一说，我有点紧张，人家期望值还挺高。我说，要不要从汉语拼音教起呢？这样，喜好汉语的人，得到一个好拐棍，以后自学或是参加其他的课程，都会有所帮助。

大家说，好是好，那就太难了。要是有些一年级小学生的课本就好了。

我说，这样吧，到了纽约，咱们到中文书店看看，努力找找。

事情就这样放了下来。到了纽约之后，很遗憾，并没有找到注有汉语拼音的读物。更不巧的是，船坏了。船上流言纷起，大家也没心思学习了。待游轮在佛罗里达修好，再次讨论教学计划时，又有人说，既然没有像样的教材，那我们就别开生面，教大家来吟诵古诗吧。在日本，能用汉语吟诵古诗，被认为是一种有文化有品位的表现。有人憧憬着，想想吧，当游轮结束航行的时候，咱们的学员可以在台上抑扬顿挫地背诵李白的《静夜思》："床前明月光，疑是地上霜。举头望明月，低头思故乡。"窗外万顷波涛一弯明月，那是何等的诗情画意啊！

畅想自然是好的，不过要让一群没有多少中文基础的外国人，单单凭着注音，来背诵古诗，我觉得有点难。很多日本人闻之这一计划，也表示顾虑。事情就这样耽搁了下来。再后来，游轮进入了中南美，上岸的次数比较频密。上岸的前一天，大家开始心旌摇动，要重新踏上陆地了，总是非常兴奋。到了岸上，紧张的行程，精力体力消耗很大。等到回到了游轮上，又要经历一两天疲惫不堪的休整。刚刚缓过劲来，又快到了下一个靠港地，重又充满期盼……自主企划的事儿就推了下来。

8月8日，中国成功地举行了奥运会，芦淼很希望能办一个有关奥运的自主企划，把咱们美丽的祖国和奥运健儿的英姿，好好展现一下。我们从墨西哥下载了奥运开幕式的资料，开始向船上的自主企划部申请时间和地点。人家先是质疑这个开幕式能播放吗？

芦淼很吃惊，说这是对全世界公开转播的节目，为什么不能播放呢？

企划部说，怕有版权之争。因为船上并没有购买这个转播权。

真是佩服日本人的版权意识。芦淼说，在"和平号"上的播放，完全是免费的，是公益活动，应该没有问题吧。

企划部答应安排，又提出了第二个问题——开幕式整个过程有四个多小时，最多给中国人一个半小时的播放时间。

这就面临着痛苦的压缩过程。咱们看开幕式是哪儿都好，哪儿也舍不得压缩，但日方允诺的时间有限，坚决不肯延长。要想播出2008年中国北京奥运会的开幕式，只有忍痛割爱一部分场景，优中选优。再加上张艺谋在开幕式中有很多寓意深刻的场面，若不精心准备解说词，恐难以表达出深意。一时间，频繁地和国内通过海事卫星联络，多方搜集资料。翻译也付出了艰苦的努力。比如一个"击缶"的解释，如何能让外国人听得懂"缶"是什么意思？击缶象征着什么？在中国人也许一目了然的事儿，对外国人就得掰开了揉碎了说清楚。

经过反复斟酌和精心准备，终于把浩大而辉煌的开幕式压缩到了40分钟。这时候，游轮已经离开了阿拉斯加，开始横渡太平洋。自主企划的安排突然变得紧张起来，芦淼每天都去询问何时能轮到奥运会的放映安排？不料却总是定不下来。

怎么办呢？除了催促，没有别的法子。你也无法知道那些排在前面的自主企划，是不是早就登记了？现在是排排坐分果果，循序渐进，谁也不得改变既定顺序。有时后悔我们登记得是不是太晚了呢？如果早一点登记，是不是现在已经排到了呢？又一想，再早，咱们的奥运会还没开呢，能不能得到影像资料，也还没有把握，不敢贸然登记啊。

时间就这样一天天地拖了下来。每天都去催，却总是没有安排到我们。船一天天地靠近日本，直到"和平号"靠上了日本横滨的码头，也没有给中国人安排上有关奥运开幕式的自主企划。芦淼对此非常伤心，单是准备中国古代四大发明的资料，他就煞费苦心，精心设计了一套解说词，并和小唐密切配合，声情并茂地把整个解说词都背了下来。

我也无言。想了很久，对他说，这毕竟不是我们国家自己的船啊！这个世界上有些事，我们只能尽力而为。你已经做了所有

231

的准备，对祖国问心无愧了。这就够了。

如果日后有谁还乘坐这种远洋游轮，如果游轮上还有自主企划一类的活动，我的建议是提前做好准备，积极参与。而且带上必要的工具和资料，这样会使你的自主企划锦上添花。不然，人出门在外，所有临时的动议，往往会面临预想不到的困难，就事倍功半了。一旦准备好了，马上提前预约，到时候一展风采，完成既定计划。

船上有一位中国企业家Z先生。记得在北欧海域航行的时候，有一天，我和他趴在甲板栏杆上看海。碧空如洗，海鸥像战斗机一样向我们俯冲过来，马上就要碰到我们鼻尖了，突然一个漂亮的转身，直插青天。Z先生对我说，咱们国家还没有自己的远洋客轮。

我说，是啊。不过，我们已经能造出非常漂亮的远洋货轮了。

Z先生说，你说世界观是从哪里来的呢？

我说，是从脑子来的吧。

Z先生说，脑子是不能凭空产生观念的。依我看，世界观世界观，顾名思义，就要观了世界才能形成啊。

我说，Z先生您说得好，要有世界观，先要观世界。

Z先生说，咱们这次出海环球旅行，是中国大陆人的第一次。年轻人里，除了翻译小唐，就是你儿子了。咱们出来的人少，年轻人更少。你看人家日本，这么多年轻人出来观世界，这是多么好的事情啊。一个人这么年轻就能看世界，看了世界和没有看世界，眼光是不一样的。什么时候，咱中国也有了远洋客轮，也拉着咱们的青年人，来看看这个美丽的地球呢？

远眺大海，我们无言。

远行,与最美的世界相遇

○ 这个世界最美好的地方,就在我们咫尺相遥的指尖。

你认为,最美的风景在哪里?为什么呢?

我以这个俗不可耐的问题为匕首,插向很多跋山涉水走过五大洲四大洋的人。他们先是愤然,就好像我在逼一个美人:非要她说出自己最绝色之处。

我告诉他们,大俗必雅。你既然走过万水千山,就有必要告知人们你的心得。

有人说,我最喜欢冰岛。可能是爱读武侠小说的缘故,对所有地老天荒、神鬼莫测的地方,都很有感觉。在冰岛,看到犬牙交错、遍地狼烟的火山岩地貌,看到巨大的地热喷泉按时按点地喷射而出,直冲云汉,好像到了金毛狮王谢逊的"冰火之岛"。

有人说,我最喜欢克罗地亚的杜布罗夫尼克小城。中世纪的城堡水灵灵地活过来了。你看到古老的药房、古老的海关;甚至那个时代的洗手池,现在还可以冲手。被时光吸管"嗖"的一下,噏回了几百年前。

有人说,我喜欢亚马孙河的莽莽苍苍。你变成史前的一只蝼蚁般的动物,无声无息地凝视着这个没有人类存在的世界的模样。

就好像在傍晚，你刚刚独自捕获一条食人鱼，看着它残忍冷漠的眼神，瞬间物我两忘。

有人说，我喜欢废墟。所有的废墟都会讲话，用你听不懂的语言，描述过去的故事。在波斯的皇宫旧址、在埃及的墓穴中探寻历史的深意；在土耳其巨大的棉花堡温泉，凝固成牛奶状的石灰岩，像旧时的贵族，在半沉半浮的水中窥探宫廷的秘密。

有人说，我喜欢阿拉斯加的溪流。看一只饿熊，很有耐心地等在水流起伏之处，等着那些迎着浪峰一跃而起的勇敢鲑鱼——扑到熊身边的是其中脚力不健、算计不准的倒霉鬼。熊不慌不忙地捡起来，把鱼的身体变成了点心。

有人说，我喜欢南极。理由吗，不用多讲，纯白纯洁，让人感动得落泪。还有，经过西风带的时候，风浪很大，我晕船难受得要跳海；直至看到了真正的原生态寒冰，才深觉苦尽甘来、一路艰辛有了回报。

回答完毕，被问之人也像澳洲土著人玩的"飞去来"镖，反问：你觉得这世界上最美的风景在哪里？为什么呢？

我说，我觉得最美的风景在西藏阿里。我们这个星球上最高的地方。

大家说，你十几岁的时候就去那里守防，一待十几年。你既然已经到过了世界上最美丽的地方，何必中老年以后，自备盘缠，不辞辛苦地在地球上跑来跑去呢？

我说，我在那里的时候，并不知道那是世界上最美的地方；离开阿里的时候，我想：穷山恶水，永不再见。

但是，现在我懂得那是最美丽的地方。因为人生最贵重的那场旅行，往往不是收拾包裹去往一个计划好的目的地，而是随着命运，开始一场不知终点的漂泊——从父母怀抱着我的那块土地启程，一路走过青春之地、梦想之地，欣赏完生命中最美丽的风景，最后到达永恒的归宿。

一个好的旅行可以改变人生。

例如英国诗人拜伦，从1809年到1811年三年的时间，他出国到世界的东方去旅行，他的想法是——"看看人类，而不是只在书本上读到他们。"还有一个更重要的理由，就是他要扫除"一个岛民怀着狭隘的偏见守在家门的有害后果"。

旅行让拜伦的世界发生了升华，让他成为伟大的诗人。

那些好的旅行，会让人在某个时刻，滴下泪来。人在旅行中，会狂喜、会悲伤；会在感动袭来之时，悄无声息地完成一次灵魂的蜕变。

现在拜交通方便所赐，飞行能让我们的身体频繁地在晨昏寒暑之间往来，跨越若干个时区甚至东西南北整个半球。几个小时就走过了古人的半生之路；只需不到一天，就能掠过玄奘十几年的风雪跋涉。走下飞机舷梯的那一瞬，旅人已和自己的文化断了脐带，与异域风情结下良缘。

有一部电影叫《蚂蚁的尖叫》。里面有一段经典的独白：

"我跨越七大海洋，攀越七大高山，走过所有河谷，穿越广大平原，抵达世界各地，等我回到家，却惊异地发现全世界，就在我家花园那一小片叶子的露珠里。"

当我们没有出发的时候，我们不知道这个世界有多大，不知道最美好的地方在哪里。我们以为它们均在虚无缥缈的远方。我们期望着与最美好的世界相遇，不辞万里。等我们从远方回到家里，才发现这个世界最美好的地方，就在我们咫尺相遥的指尖。

如果你不出发，你就不会懂得这个朴素的道理，你就不知道珍惜。

也许，这就是远方的重要性。因为它以猝不及防的相逢，悄无声息地教会你什么是人间最宝贵的东西。